Un día de trigo

A Ramon Noè i Hierro (1923-2007)
Por su sabiduría,
por las conversaciones en la calle
y por algunas máximas que ya he hecho mías.

Editorial Bambú
es un sello de Editorial Casals, S. A.

© 2010, Anna Cabeza Gutés
© 2010, Editorial Casals, S. A.
Tel.: 902 107 007
www.editorialbambu.com
www.bambulector.com

Título original: *Un dia sencer de blat*
© 2010, Concha Cardeñoso Sáenz de Miera
por la traducción

Diseño de la colección: Miquel Puig
Ilustraciones de cubierta: Ramon Noè

Primera edición: septiembre de 2010
ISBN: 978-84-8343-118-4
Depósito legal: M-34.297-2010
Printed in Spain
Impreso en Edigrafos, S. A., Getafe (Madrid)

UN DÍA DE TRIGO

ANNA CABEZA

bam bú
EDITORIAL

Un día de julio de 2008

Como si quisiera hallar señales de un pasado común en el rostro de una persona a la que hace mucho tiempo que no veía: ésa es la sensación que tengo en este momento, sesenta años después de haber puesto los pies en este pueblo por primera vez. Busco detalles que me permitan reconstruir el paisaje de aquellos días, olores que me lleven a mi juventud, algún sonido que desate el saco de los recuerdos y los esparza sin miedo ahora que ha pasado el tiempo y el poco que me queda por vivir me hace más atrevido que nunca.

No voy a decir el nombre del pueblo. Lo que ocurrió aquí podría haber sucedido en cualquier otro lugar, porque corrían tiempos oscuros, de silencio, de miradas veladas, de tragarse el dolor y de apretar los dientes para no hablar más de la cuenta. Voy a cambiar el nombre al pueblo por el que deambulo en este momento. Voy a llamarlo Rocalba.

9

No le busquéis más significados que el literal: «roca blanca», una imagen que me resulta sugerente. Aquí no hay peñas blancas. Para averiguar el nombre del pueblo, habrá que descubrir las pistas –de haberlas– en otros detalles. Pero poco importa que sea un pueblo u otro. Lo importante no es el dónde ni el cuándo, sino el qué y el cómo.

Rocalba... Lo riegan tres ríos, que se unen en el pueblo y, a partir de aquí, discurren por un solo cauce. Bajan desde los Pirineos jugando a esquivarse, hasta que el valle los acoge e inevitablemente propicia su encuentro. Siempre he pensado que esta confluencia de aguas, que salpica el pueblo de puentes y pasaderas, le confiere un carácter singular. «Todo fluye, todo pasa», digo para mí. En aquella época aún no lo había aprendido y me parecía que las vivencias dolorosas durarían para siempre. Ahora que soy viejo –me acerco a los ochenta–, veo que el dolor me ha traspasado, que mi cuerpo lo ha resistido y que mi alma se ha hecho fuerte y, de vez en cuando, un pensamiento me arranca media sonrisa: «Si pudiera volver a los diecisiete años sabiendo lo que sé ahora...».

Me distrae un banco de nubes: aquí, entre montañas, se retuercen a su antojo; alzo la mirada buscando un ángulo que me permita contemplar mejor su masa esponjosa.

La torre del campanario, un tejo inmenso, la hilera de montañas, un nubarrón que se sacude la cresta... Si no fuera porque me da vergüenza que me reconozcan, sacaría la libreta del zurrón y haría cuatro garabatos. Aún siento la emoción de batirme con el paisaje, la avidez de volcar el alma en una lámina. Un trazo seguido, un gesto, una mancha.

Pero nadie me puede reconocer en Rocalba, porque es muy poco lo que queda del joven de diecisiete años que fui: algunas ideas irrealizables, la timidez, el amor por los pequeños retazos de vida, el impulso de mover el lápiz sobre el papel. También debería reconocer que conservo la mirada limpia y que no me avergüenza decirlo en voz alta. ¡Qué difícil es llegar casi a los ochenta con pocas sombras en el fondo de los ojos!... Creo que no tenido que hacer daño a nadie para seguir viviendo, no he tenido que pisar a mis congéneres. Aunque también es cierto que me he visto obligado a abandonar mis aspiraciones juveniles de llegar a ser algo. Las he ido soltando por el camino. A medida que iba haciéndose mayor, el chico tan bien dotado para el dibujo, el que tantos elogios recibía de los profesores de la Escuela Massana, el que despuntaba como nuevo valor, descubrió que su poco beligerante forma de ser le segaba la hierba la que pisaba. Al menos, por el camino de la vida he ido aprendiendo a sazonar casi todo con un poco de humor. El sentido del humor ha sido una auténtica tabla de salvación. Quizá por eso me guste citar, a quien quiera escucharme, una máxima que oí en una ocasión. Dice así: «llegará el día en que los mansos hagan la revolución». Y así lo creo.

Descubro en Rocalba algunos detalles que me aspiran al pasado. La fuente, tan valiente, sigue plantada en medio de la plaza de la Miel. Es la suerte que tienen los elementos pequeños, que tardan en desaparecer, porque los dueños del ladrillo no están por la labor de lo pequeño, sino que prefieren derrumbar edificios antiguos para levantar otros nuevos. A una fuente tan humilde, ni la miran. Un zócalo de casa antigua: todavía está. En cambio, los lavaderos modernistas de la calle del Molino ya no están. Los han sustituido por un bloque de pisos cuyos moradores ni siquiera se imaginan que de allí salían la ropa limpia y muchos trapos sucios.

Me dejo llevar por los pasos del chico de diecisiete años. Sé adónde me encaminan, pero no me resisto. Calle de la Ventaiola, plaza del Trigo, la pasadera del río, una revuelta, una orilla estrechísima... Obediente, los sigo. Y no me equivoco, porque los recuerdos me dejan enfrente de una tienda, renovada recientemente, que exhala un aroma delicioso de guirlache, canela y anís.

Panadería y confitería Espelt. Sigue al frente del negocio la misma familia. La antigua panadería se ha transformado en un establecimiento más grande, se ha sofisticado: dispuesto en el escaparate sobre terciopelo rojo, exactamente como en una joyería, brilla un surtido de pasteles. Hay movimiento: entran y salen clientes y, cada vez que abren la puerta, liberan una ráfaga de aire azucarado. El envoltorio de los paquetes que salen del establecimiento tiene un dibujo de un pocillo de miel y una cuchara de boj. Ese detalle me corta momentáneamente la respiración. Es un jeroglífico que sólo ella y yo podemos descifrar... el recuerdo de su mirada –tan limpia, también– acude al encuentro de mis ojos, un poco empañados por la sorpresa.

Celia tenía entonces dieciséis años. Ahora debe de estar a punto de cumplir setenta y seis y me pregunto qué detalles buscaría en su cara para recobrar a aquella muchacha un poco extraña, resuelta, serena, tierna y valiente. La he dibujado mentalmente millares de veces, la he dibujado millares de veces en el papel, pero nunca he logrado reconocerla del todo en las formas que surgían. Es verdad que, cuando se acerca uno al amor por primera vez, la intensidad de la experiencia lo descoloca de tal manera que ya no sabe si todo eso le sucede a él o es otro quien ocupa su lugar. Conservo una imagen nítida de Celia –la última– y un regusto de miel de romero. La cuchara de boj que se hunde en un lecho dorado y después se acerca a mis labios. Es un recuerdo que no he dejado de revisar, deshacer, borrar, reconstruir y corregir, tal vez para repetirme que sí, que un día estuve en este valle y en el pueblo de... Rocalba.

La puerta de la tienda se abre de nuevo. El viejo que soy se queda atascado en la acera de enfrente. No sabe –no sé– qué espera. Y, de repente, me tiemblan las piernas y dejo de respirar: es ella quien sale, Celia, a los dieciséis años, y hace un gesto inconfundible: tocarse el pelo con las dos manos, como amasándolo, el tierno ademán de levantarse la cabellera y dejarla caer exactamente donde estaba. ¡Es Celia! Pero ¡no puede ser! ¡No puede ser!

«¡Ramón, respira!», me digo. A pesar del torrente de imágenes que me inunda la cabeza, compruebo que me he hecho caso a mí mismo, que respiro. Pongo a la razón a trabajar, esa razón que me ha dado más disgustos que alegrías: «Veamos, Ramón, Celia es una mujer mayor, los años también han pasado por ella. Ni pactando con el diablo podría conservarse así». Casi sería mejor que diera una voz: «¡Celia!» y, si se volviese, pues sería que todavía existen los milagros y que algunas muchachas se quedan para siempre en los dieciséis años.

No digo nada.

La muchacha se vuelve, pero no la he llamado. Se vuelve, me mira y no me ve. Ni me verá, claro. Soy invisible, como muchos viejos. Se impacienta delante de la tienda y, mientras pienso si cruzo la calle o no, ella abre la puerta y dice:

−¡Abuela! ¡Que vamos a llegar tarde!

Entonces, de las profundidades de la tienda, de las profundidades del pasado, sale mi Celia y comprendo que sólo han sido unos breves instantes de locura y que la vida ha dejado su huella en los dos con implacable justicia.

Son ellas las que cruzan la calle. Se agarran del brazo y andan despacio. Me resguardo un poco al amparo de un portal, pero veo que vienen hacia mí, que casi me rozarán al pasar. Sostengo una auténtica batalla en mi fuero interno: no sé si decirles algo o no; escondo la cara a medias y bajo la mirada. Todo mi ser es una duda trémula.

...Y ya han pasado. Huele a harina, a leche fresca, a chocolate, a anís, a miel de romero. El olor de su pelo, el sabor indescriptible de la primera vez, una soga agridulce que me oprime el corazón. Hemos cruzado la mirada una milésima de segundo y no me ha reconocido. «La vida nos hace garabatos en la cara, rayas, a las que llaman arrugas, surcos que nos desdibujan y que, cuanto más nos pintarrajean, más nos borran», decía el maestro de dibujo. A los diecisiete años yo no lo entendía, pero ahora sí.

Expectante, me quedo mirando cómo se aleja de mí una vez más. El pasado es doloroso, nos roza la piel y nos deja un desgarrón en un rincón del alma al que no llegan los bálsamos. ¡Qué crueldad! La vida no nos deja retroceder y rehacer el camino con más sabiduría, pero la memoria se obstina en volver una y otra vez, arañando y mortificando sin piedad.

Incluso ahora, a este viejo incapaz de olvidar se le desata una oleada de tristeza y amargura. Tanta es la nostalgia que no será su voz la que lo cuente... De todo aquello –me repito, como los viejos– hace ya sesenta años.

Ayer.

Julio de 1948

1

Una mujer con una maleta y un hatillo. El tren la soltó sin ganas. Se fijó en ella por su actitud encogida y triste. Andaba despacio, mirando al suelo, con un niño pequeño, atemorizado por el tráfago de gente, pegado a sus faldas. La maleta era de cartón y la llevaba tan llena que parecía predestinada a no resistir ni un viaje más. La mujer tampoco.

Ramón esperaba en un banco, cerca del andén. Había llegado de Sabadell en los Ferrocarriles de Cataluña y, paseando lentamente, había ido a pie desde la estación de la plaza de Cataluña hasta la de Francia. Su madre le había dicho por dónde debía ir.

–Así te ahorras el tranvía– le dijo.

Las calles se ensanchaban ante a él. Acostumbrado a moverse por los estrechos pasos entre telares, Barcelona le mareaba un poco y le cautivaba a un tiempo. La sensación de miedo también ampliaba su percepción del espacio. Tenía la impresión de ser importante. El camino le había servido para observar, actividad que practicaba de manera casi instintiva: observar y buscar los pequeños detalles que dan el todo. En un balcón había visto a una señora tendiendo ropa: una camisa, una camiseta, unos calcetines. La estampa le trajo a la memoria una idea que se le había ocurrido a su madre, un código secreto que acordaron poco después de que empezara la guerra, cuando en casa se escondía su tío Ángel. Si la madre tendía de lado una camiseta, dos calcetines oscuros y un delantal, significaba que el tío había salido del escondite (para lavarse, tal vez, o para desayunar a ras de la ventana y robar un poco de claridad del sol). Eso significaba que no se podía llevar extraños a casa. En aquella época, Ramón era pequeño y no acababa de entender muchas de las cosas que pasaban, pero percibía el peligro y sabía tener la boca cerrada. A él, que le dejaran mirar y embobarse, embelesarse ante un horizonte rojizo y con nubes tan lisas como si les hubiesen pasado un rodillo por encima. Estaba embobado. Durante la guerra, cuando vivían en Tortosa, más de una vez tuvo que echarse su madre a buscarlo por los campos –porque se había escapado de la escuela–, y lo encontraba en una choza, completamente empapado y maravillado ante el espectáculo de la lluvia al caer.

La estación le parecía un hormiguero triste: gente que llega agobiada, gente que se va agobiada, también. Medio mundo se traslada al otro medio y una eterna insatisfacción flota en el ambiente. Se fijó en un viejo que parecía perdido. Arrastraba un hatillo a punto de reventar y, con semblante indeciso, se paraba delante de todos los letreros. Buscaba la vía desde la que salía su tren. Ramón iba a levantarse del banco para ofrecerle ayuda, cuando vio que una joven se acercaba al anciano. Interpretó sus gestos: la mirada avergonzada del viejo, la mano de la joven dándole unas breves palmaditas en la espalda; unas palabras en voz baja, un dedo que señala un letrero y lo deletrea: G-E-R-O-N-A. El hombre, que no sabía leer, reanudó la marcha más resueltamente y la joven se quedó un rato mirándolo, antes de reanudar el camino hacia la salida de la estación.

Cuando se espera a alguien que no acaba de llegar se pasa por varias fases. Después de la de preocupación, vino la de duda: «¿Me habré confundido de sitio y no será aquí donde quedamos?», se preguntó. Sin embargo, no pasó a la tercera, que es cuando uno decide abandonar el lugar de la cita y ponerse a buscar, sin saber exactamente dónde, a la persona con la que había quedado. No pasó porque vio acercarse a un hombre que respondía a las características esperadas: unos cuarenta años bien llevados, traje marrón oscuro, gafas negras de pasta, bigote corto y espeso, calva incipiente, rodeada de una mata de pelo ásperamente crespo, dominada a duras penas por el fijador. Andaba a paso vivo, cargado con una maleta de cartón y una libretita en la mano. Debajo del bigote no se dibujaba sonrisa alguna, sólo se adivinaban unos labios curvados hacia abajo y, detrás del puente de las gafas, se entreveía la sombra de un ceño fruncido. Era el hombre al que esperaba: el señor Josep Reguant, reconocido etnógrafo del Museo de Industrias y Artes Populares.

21

Ramón se levantó del banco y lo saludó con la mano. No se conocían y debían fiarse de la descripción que habían intercambiado unos días antes, según la cual, Ramón era un muchacho de diecisiete años, de pelo indomable, también, flacucho y alto, con la cara salpicada de pecas y la nariz prominente, heredada de algún antepasado de acentuadas facciones romanas. No llevaba maleta, sino un zurrón, un hatillo y una carpeta.

–¡Señor Reguant! ¡Soy yo, Ramón Arcás, el dibujante!

–¡Te esperaba en los bancos de fuera, chico! ¡En el tercero! ¡Si no llego a entrar en el vestíbulo, perdemos el tren!

El comentario lo inquietó, pero enseguida se acordó de las palabras del director del museo y se tranquilizó. Al principio, el señor Reguant resultaba brusco, pero después, tan pronto como se alejaran de Barcelona y del gentío, se iría aplacando; se le alisaría la frente a medida que se acercasen a las montañas. Los Pirineos le inyectaban calma, porque había nacido en un pueblo de allí y la fuerza de las montañas le entraba por las piernas como un bálsamo reparador.

Ramón había tenido que consultar el significado de la palabra «etnógrafo»: se refiere a la persona que estudia las costumbres y tradiciones de los pueblos. «Etnógrafo y folklorista –había precisado el director del museo–. No te podemos pagar mucho, pero te vendrá muy bien. Eres el mejor alumno de dibujo de la Massana y vienes muy recomendado», había añadido. El dibujante que acompañaba siempre al señor Reguant se había puesto enfermo y tendría que guardar cama muchos meses. Con el tiempo, Ramón supo que se trataba de una enfermedad llamada «exilio súbito»: el hombre se había marchado repentinamente del país porque ya no soportaba más la presión y unos familiares franceses le habían ofrecido asilo.

¿Ir a recorrer los Pirineos en busca de objetos que estén a punto caer en desuso, y en calidad de dibujante de un señor antipático y medio trastornado por la etnografía? Al principio, a los padres de Ramón les pareció una tontería propia de artistas con la cabeza a pájaros, pero después consiguió engatusarlos un poco con la mísera paga que le habían prometido. En épocas de estrechez, cualquier señal de mejora es motivo de alegría. Por otra parte, solamente estaría fuera de casa un mes, el de julio: los estudios no se resentirían.

–¿Y para qué quiere ese Reguant un dibujante? ¿No le basta con hacer fotografías? Le saldría mucho más barato... –opinó su padre.

Esas mismas preguntas se hacía él, pero, por no tirar piedras contra su propio tejado, no se atrevió a formulárselas al director del museo. ¿Querían un dibujante? Pues ya lo tenían. Bueno, a decir verdad, «aprendiz de dibujante» sería más exacto, aunque sabía que en la escuela, cuando acababa un trabajo, sus compañeros lo miraban con admiración. Era como si hubiese nacido con un lapicero en la mano y enamorado de los pequeños detalles que, plasmados en un dibujo, llenan la mirada. Con los pinceles, tenía la impresión de librar un combate; en cambio, al lápiz le unía una amistad innata.

La tarde en que hubo de ir al Pueblo Español a entrevistarse con el director del museo, el señor Reguant ya no estaba.

–Os conoceréis en la estación –le dijo el director–. Ten paciencia. Parece antipático y a veces se pone muy gruñón, pero siempre va al grano y aprenderás mucho con él –añadió.

Ramón no las tenía todas consigo. Le parecía un hueso duro de roer.

Filas de pasajeros nerviosos iban abordando los vagones del tren; el señor Reguant se impacientaba, pero apenas había mirado a Ramón. Todo el mundo tenía prisa por ir a ninguna parte.

–¡Aquí, en el vagón de cabeza! –El tono de su nuevo jefe era imperioso, tal como esperaba.

A los dos segundos de haber ocupado sus asientos, el andén empezó a moverse. A Ramón se le encogió el estómago, como siempre al principio de los viajes, y más en esas circunstancias, porque partía hacia un destino incierto en compañía de un hombre poco afable, a cumplir un encargo del que no se había atrevido a hablar con casi nadie. «¡Anda! ¡El pintamonas este se va a dibujar platos y cazuelas a los Pirineos con un sabio chiflado!», habrían dicho. Afortunadamente, el traqueteo del tren parecía hecho a medida para sosegar el ánimo a quienes se alojaban en su interior y, a pesar del incómodo silencio impuesto inicialmente entre ellos, una misteriosa calma se fue haciendo un hueco en el vagón. Cuando empezó a ralear la ciudad (síntoma de la proximidad de las afueras), el mal humor se fue diluyendo y, entonces, Ramón se atrevió a desgranar una a una la sarta de preguntas acumuladas en el transcurso de los días anteriores.

–Compara esta fotografía con este dibujo –dijo el señor Reguant–. A primera vista, puede que los objetos te parezcan iguales, pero no lo son. El dibujante recopila, hace una selección de elementos significativos que la fotografía no discrimina. Se diría que el dibujo contiene menos información que la fotografía, pero lo cierto es que me da exactamente lo que necesito. No quiero composiciones repletas de elementos que distraigan de lo esencial: quiero el objeto al desnudo, sin ruidos que camuflen el sonido que quiero oír.

Se le escapaba el sentido de las palabras del señor Reguant. En algunos momentos creía entenderlo, pero al instante volvía a perderse entre tanto vocabulario desconocido, aunque procuraba poner cara de entenderlo todo, no fuera a enfadarse otra vez.

–Pero, señor Reguant, eso se soluciona haciendo una foto del objeto solo... –se atrevió a decir.

–¡A ver si nos entendemos, chico! En primer lugar, deja de llamarme señor Reguant. Es suficiente con el nombre de pila. A ver, prueba...

–Señor Josep...

–¡Diantre!

–¡Josep!

A punto estuvieron de soltar una carcajada, pero Josep se contuvo y Ramón lo imitó. La complicidad no se improvisa: se gana.

–Verás, chico, si te digo que dibujes el cerrojo de una puerta, quiero el cerrojo, nada más –le dijo–. Por otra parte, no se pueden hacer fotos en el interior de una masía iluminada únicamente por el resplandor de la chimenea. En esos casos, tu ojo lo ve todo y puedes plasmarlo en el papel, mientras que la cámara no recoge más que un manchón oscuro.

Y así, sobre una urdimbre de silencios tramada de explicaciones eruditas, fueron tejiendo el trayecto. Ramón todavía arrastraba, desde la primera adolescencia, un brote de timidez que le hacía guardar silencio y Josep era un hombre que, de tanto enfadarse con la vida, no sabía cómo alargar los pequeños momentos de felicidad que ésta le deparaba.

Faltaba poco para llegar a Rocalba. Ramón llevaba la cuenta de las estaciones, por eso lo pilló por sorpresa la propuesta de Josep:

–Vamos a apearnos antes y a andar un poco. Me gusta llegar a los sitios paso a paso.

Esa noche se alojaron en el hostal de Rocalba. La caminata les abrió el apetito y comieron con mucho gusto el menú del día: col y patata con torreznos, ensalada, pan con aceite y azúcar y un vasito de vino tinto. Al día siguiente irían a casa de una antigua conocida de Josep que vivía en una finca cercana y se había ofrecido a darles cama y comida. No disponían de mucho dinero y, así, se ahorraban el hostal.

A pesar del cansancio, a Ramón le costó dormirse. El silencio de Rocalba fue poblándose de ronquidos de Josep, del traqueteo de un carro contra los adoquines, de alaridos de un viajante que dormía en la habitación de al lado y que había bebido más de la cuenta, de maullidos contrahechos de un gato que quería compañía... Para Ramón, el campanario de Rocalba enmudeció después de la una de la madrugada.

2

—Ramón, no se trata solamente de estudiar las costumbres y tomar nota de la información pertinente. Lo más importante es recoger objetos para el museo. Estoy preparando unos dioramas del ambiente pirenaico basados en utensilios de cocina, herramientas de pastores y artesanos, etc. Cuando tengamos unos cuantos, los empaquetamos y los mandamos a Barcelona en el coche de línea. Y eso es lo que vamos a hacer todo este mes.

–¿Dioramas? ¿Se refiere a una especie de montaje?

–De tú, Ramón. Trátame de tú. Sí, un diorama es parecido a un decorado de teatro, por eso necesito objetos reales, para que el público del mueso entienda cómo se vivía por esta zona y cómo se vive todavía hoy.

El etnógrafo contaba todo esto al muchacho fuera ya del hostal, de camino a la finca de la viuda Rumbau. Al pasar por delante de la panadería no pudieron resistirse al apetitoso olor de pan recién hecho y entraron en el despacho a comprar provisiones para el almuerzo. Les rugían las tripas de hambre.

–Con un par de rebanadas y un trozo de longaniza subimos a toda mecha –dijo Josep.

Ramón se quedó embobado mirando unas tortas crujientes, largas y azucaradas que descansaban delicadamente unas encima de otras, como ladrillos de construcción. Se moría de ganas de probarlas, aunque sólo fuera un mordisquito. Oyó un leve chasquido y una mano muy blanca le ofreció una porción.

–El contrapeso.

Entonces la vio.

–Por el pan que habéis comprado.

¿No la entendía?

–Siempre devolvemos el contrapeso.

–Sí, gracias.

La muchacha lo miraba sonriente. Tenía los ojos verde oliva y el pelo cobrizo. «Es una muñeca», pensó. Le sonrió sin mirarla apenas.

–No os había visto antes. ¿De dónde sois?

–El señor Reguant es de Barcelona y yo, de Sabadell.

–¡De la capital! No he ido nunca a la capital.

El trocito de torta se deshacía en la indecisa mano de Ramón.

–¡Cómetela ya, hombre! ¡Y espabila, no vamos a pasarnos aquí toda la mañana!

A la orden de Josep, Ramón volvió a la realidad y dio un mordisco a la torta, que crujió entre sus dientes. Cuando salieron de la panadería, todavía tuvo tiempo de echar un vistazo a la muchacha, que lo miraba disimuladamente de reojo mientras metía un par de chuscos en una bolsa de pan. Se fijó en el cartel: Panadería Espelt. Un nombre adecuado: la espelta es un trigo de pobres con el que se hace un pan bastante digno.

En todo el camino hasta la finca Rumbau, no se le fue del pensamiento la mirada de la muchacha, ni de la boca el sabor de anís de la torta. Josep trepaba con paso seguro y charlaba más a medida que el aire de la montaña le abría los pulmones.

–Roser, la viuda de Rumbau, es una buena persona... ¡incluso más buena de lo que debiera! Perdió a su marido en la guerra y sigue empeñada en vivir aquí, aunque ser dueña y señora de la finca le queda un poco grande. Su marido, Miquel, era buen amigo mío; estaba hecho un zascandil y era más vago que la chaqueta de un caminero. Las tierras de la finca las trabajan unos braceros, pero Roser no sabe mandar. ¡A las buenas personas las toman por el pito del sereno!

A Ramón le costaba seguir el ritmo de Josep: el zurrón le chocaba contra la pierna a cada paso y el hatillo pesaba. La exuberancia y la profundidad del valle se hicieron más que evidentes.

–¡Puede que acabe vendiendo las tierras! ¡Y por cuatro perras! Es demasiado trabajo para una sola persona. Además, ¿para qué tanto esfuerzo, si no tiene hijos a quienes dejárselas?

La finca Rumbau no estaba muy lejos del pueblo, pero el camino que llevaba hasta allí ofrecía una vista privilegiada del valle. Había empezado la siega de la hierba y los prados estaban tan repeinados que parecían recién salidos del barbero. En algunos, se veían hombres volteando el heno para que el sol terminara de secarlo; después lo llevarían al pajar. Al ver la actividad de los peones desde el camino, Josep se acordó de lo que se decía de la hierba recién segada: «si no se moja, es oro; si se moja una vez, es plata; pero si se moja dos, no es más que estiércol».

Más adelante, Ramón se dio cuenta de que iba solo. Josep se había quedado atrás, apoyado en un árbol. Le costaba respirar. Con la mano le indicaba que continuara, que ya lo alcanzaría.

—¿Qué le pasa? —preguntó el muchacho, asustado.

—¿Tanto te cuesta entender que quiero que me tutees, chico? ¡Si eres tan zoquete no te cabe ni eso en la mollera, no sé cómo vamos a trabajar juntos!

Por lo visto, la falta de aire no le había afectado a la capacidad de enfadarse. Sin saber muy bien qué hacer, Ramón optó por no replicar. Le cogió la maleta y la dejó en el suelo.

—¡No es nada! Me pasa cuando aprieto el paso y se me olvida el asma.

—Asma...

—¡Sí, diantre! Pero todavía no he decidido morirme, conque deja de mirarme como si vieras pasar un entierro. ¿Es que no hay asmáticos en Sabadell?

Reanudaron la subida al cabo de un rato, un poco más despacio y en silencio. El primero en romperlo fue Josep, más enfadado con el mundo que con su compañero de viaje.

–¡Ya verás tú como, dentro de unos años, esto habrá desaparecido! Los de la capital se creen más limpios, más sabios, más ricos y más de todo... Y lo invadirán todo, se extenderán por todas partes como una mancha de aceite quemado y maloliente. «La industria es prosperidad», dicen. «Y destrucción», añado yo. Para muestra, un botón: no sabes lo que nos costó a los del museo convencer a *las autoridades* de que esto es cultura y de que es preciso mantenerlo, aunque sea en forma de diorama en un museo. Pero, ¡releches! ¡No sueltan la pasta ni a tiros! Al final, gracias a la insistencia del director... y a la mía, los convencimos de que nos reservaran una partida para invertir en el museo de lo que sacan con las fiestas del Pueblo Español, porque siempre acude mucha gente. Pero no sé cuánto va a durar esto y, si cambian los mandamases del Ayuntamiento, habrá que hacer la pelota a los nuevos. ¡Una misión grande y noble, sí señor!

Josep prosiguió con su monólogo, salpicándolo de observaciones sobre la política municipal, y Ramón desconectó del discurso un momento. El paisaje era espectacular y la imagen de la muchacha iba y venía en su cabeza como una ola juguetona. Josep le mandó detenerse.

–¡Desenfunda el lápiz, chico!

Ese dibujo fue el primero que hizo Ramón por orden del ilustre etnógrafo Josep Reguant y Gual. Sentado en una piedra, abrió la carpeta y sacó una lámina nueva de apuntes. El lapicero se le acomodó en la mano como si siempre hubiera estado allí y, siguiendo las instrucciones de Josep, se dispuso a hacer un boceto. En eso consistiría su trabajo, en tomar apuntes de viaje, en hacer bosquejos con suficientes detalles para poder pasarlos después, cuando volvieran a Barcelona, a tinta china o a acuarela. La masía de la finca Rumbau todavía era una casa muy señorial, pero la guerra había dejado su impronta en ella. A Ramón le recordó a una mujer bella que, a pesar de los años y de cierta dejadez, todavía conserva entre los surcos de las arrugas la marca de esplendores pasados. Como su madre, a la que recordaba joven y llena de vida, persiguiéndolo entre los olivos de Tortosa para regañarlo y, al final, después de la bronca, se reían los dos. Ahora, en cambio, la mirada azul se había tornado gris, como suele pasar con los ojos claros cuando se nubla el cielo. Los de su madre reflejaban como un espejo todo el sufrimiento que había vivido, como la muerte de su primer hijo, un retoño de sólo seis años. Lo encontraron ahogado en la balsa de la casa de Paula, cerca del río, cuando ya llevaban dos días buscándolo; por eso ella no soportaba perder de vista a Ramón y lo perseguía por los campos con el corazón en un puño, gritando que no podía pasar lo mismo dos veces, que aunque ocurriesen toda clase de desgracias, no podía suceder la misma dos veces, nunca. Su madre era el espíritu de la resistencia, pura fuerza, pero Ramón sabía que incluso cuando se reía, la traspasaba por dentro un dolor sordo que se negaba a salir a la luz.

Mientras el muchacho hacía un esbozo de la masía Rumbau y ciertos pensamientos oscuros se confundían en su cabeza, Josep pensaba en voz alta sobre la vida en esas montañas, que tan bien conocía y tan profundamente amaba.

–Una masía con escalera exterior, ¡qué curioso!... En el Pirineo todas las casas son distintas; la estructura varía y se adapta al clima. Ésta tiene el tejado a dos aguas (como la mayoría), con una inclinación muy pronunciada, para que el agua y la nieve se deslicen mejor. El balcón está protegido con un tejadillo y así se puede disfrutar del sol y no temer a la lluvia. Cuando lleguemos quiero que dibujes la puerta principal, los cerrojos y el soportal de piedra. Muy bonito. La barandilla de la escalera es una filigrana, porque el marido de Roser, cuando se decidía a trabajar (cosa que le costaba lo suyo), ponía en ello los cinco sentidos.

También a Ramón le costaba lo suyo dar por terminado un boceto. Siempre tenía la impresión de que debía añadir algún otro detalle que podría serle útil en el momento de pasar el boceto a limpio.

–¡Acaba ya, muchacho!

A lo lejos, Roser Vilà los saludó con la mano; de cerca, los acogió con una sonrisa. Comieron en una mesa muy bien provista –Josep admiró especialmente los platos de cerámica, el porrón y un pan de quilo que lo presidía todo– y la mujer tuvo el detalle de obsequiarlos con un postre delicioso: una rebanada de pan con miel.

3

La cocina: el corazón de la masía, el fuego en el que se cuecen las viandas y los asuntos familiares, la mesa en la que se dispone la comida, alrededor de la cual se habla del futuro y se echan a la olla grandes tajadas del pasado. A la mañana el cielo amaneció completamente limpio en todo el valle, y parecía dispuesto a quedarse así; las nubes se habían ido de viaje al otro lado de las montañas.

Josep negociaba con Roser la compra de algunos utensilios que ya no utilizaba. Iban a formar parte del primer contingente de objetos que mandarían a Barcelona por mediación del transportista.

–La cuchara de boj, la olla, el molde del requesón, la quesera, el salero, la escudilla de barro, el almirez... ¿qué te parecen 65 pesetas?

–¡Me vienen al pelo, Josep! Pero, lo curioso es que pagues por un montón de cacharros viejos... Por más que Miquel, que en paz descanse, me contase mil veces a lo que te dedicas, me asombra que todo esto os sirva de algo en el museo.

Entre tanto, Ramón dibujaba el aparador de la cocina (el vasar, como lo llamaba Roser) con los platos de barro ordenados, los pucheros y los cucharones, las cazuelas y la sopera, el porrón y los botijos.

–Josep, arriba hay más cachivaches. Los guardamos hace tiempo porque ya no los usábamos... Mañana los bajo todos.

–Hay una cosa que me interesa mucho. Los marcadores de pan de madera de boj. La última vez que vine encontré unos muy bonitos.

Ramón levantó la vista del papel y Josep lo recriminó inmediatamente.

–¡Espabila, chico! ¡Hay que salir a dar una vuelta!

El pan. A lo mejor tenían que ir al pueblo y volver a la panadería Espelt. La chica que le había dado la torta. Ramón acababa de empezar una libreta de notas, sus preferidas para los esbozos. Reservaba las láminas para los paisajes y las cabañas de pastor, otra de las obsesiones de Josep.

–Uno de los marcadores que encontré tenía filigranas dignas de un artista... La verdad es que algunos pastores se dan una maña con el boj que no tiene comparación. Mi madre encontró uno en Sarroca que era un corro de corderos diminutos... una maravilla –dijo Josep.

–Todo cambia, ¿verdad? Ahora no hace falta marcar el pan para llevarlo al horno. Tengo que comprárselo a Espelt, no le fuera a sentar mal que me lo hiciera yo en casa. Tiene mucha influencia en el pueblo y no pierde de vista a nadie. La mitad de Rocalba es suya y la otra mitad, del alcalde.

–Espelt... Miquel me habló de él. En la guerra hizo unas cuantas tonterías. Cuando entraron los nacionales, llevaba no sé cuánto tiempo diciendo que no le quedaba ni un saco de harina y, de pronto, salió a llenarles el papo con un carro de pan... ¡Buena pieza está hecho!

Roser se incomodó. No le gustaba volver una y otra vez a la guerra, que tanto le había quitado. Había aprendido que lo más prudente era tener la boca cerrada. Josep se dio cuenta.

–Más vale no enfrentarse a gente de esa clase, ¿verdad? Cada uno a lo suyo, ¡sin mirar atrás! Haces bien en comprarle el pan, así se queda tranquilo y te deja en paz. A mí me parece que sólo vale la pena remover el pasado para rescatar algún objeto bonito.

La sonrisa tímida de Roser puso punto final a la conversación. Después de meter prisa al muchacho y ver que aún le faltaba bastante para terminar, Josep decidió salir a dar una vuelta por los alrededores de la casa. Tenía especial interés en la casita de la miel, donde Roser guardaba aperos de labranza. Distaba unos diez minutos de la masía, a pie, naturalmente.

–¡Qué bien dibujas, Ramón!

–¡Muchas gracias, señora!

–¡Ah, sí! Ya me ha dicho Josep que eres muy respetuoso, pero en el campo puedes apear el tratamiento.

El lápiz de Ramón no paraba. Era cierto que, en la penumbra, la cocina no habría revelado sus secretos a una cámara fotográfica, mientras que él, el dibujante, quitaba y ponía matices hasta el punto de crear un aparador nuevo. Dibujar es como desbrozar. El maestro de dibujo, tan diestro con las palabras como con el lápiz, lo explicaba muy bien en clase: «*Deboissier,* verbo francés del que se cree que proviene la palabra "dibujar". *Deboissier*: trabajar la madera. ¿Qué hace quien la trabaja? La desbasta, descubre lo que esconde. Ustedes, los dibujantes hacen lo mismo: eligen lo más representativo, desechan lo superfluo, aportan su visión del objeto. Con fidelidad, eso sí, pero también con personalidad. Repitan conmigo: *deboissier.* ¡Qué palabra tan elocuente y sabrosa! ¡Hasta se paladea!».

–¿Qué opinan tus padres de este viaje que has hecho?

–No lo acaban de entender, pero nos viene bien el dinero. La alfarería de mi padre no da mucho. Mi madre es costurera.

–¿Qué te gustaría hacer cuando termines los estudios en la Massana?

–Mi padre dice que me espera el torno y que, como se me da bien, puedo ayudarlo en el taller.

–¿Y pintar?, ¿no te gustaría pintar? Me parece a mí que del dibujo no se puede vivir.

–No sé si valgo tanto.

–¡Ay, los artistas! Siempre soñando, siempre pensando en el perfeccionamiento. ¿Qué sería de vosotros sin la falta de confianza?

37

Roser le fue contando la historia de los objetos que dibujaba. El tedero estaba allí desde tiempos inmemoriales, puede que desde la época de la abuela de su difunto marido, quien colocaría en el artilugio la tea para iluminar la cocina; la sartén de cobre, muy honda y con el mango muy largo, era herencia de su familia, muy aficionada a la cocina; la chocolatera con mango de madera, siempre asociada a días de fiesta, cuando el pan duro se convertía en bizcocho sólo por remojarlo un poco en chocolate; el salero de madera, tallado en una sola pieza, muestra de la habilidad del hermano de Roser...

–¿Tu hermano vive en Barcelona?

–Hummm... No... Sí... Bueno, vivía allí hasta que empezó la guerra. Después desapareció, como muchos otros...

–Lo siento, Roser. No tenía que haber preguntado nada.

–No te preocupes.

Agradeció que no lo llamase chico, como Josep, cada vez que se dirigía a él.

–Oye, voy a la caseta de la miel, no sea que Josep me haga algún estropicio, y, de paso, cojo unos trozos de panal en el bosque. ¿Te gusta la miel en panal?

–Sí –respondió Ramón.

Imágenes de Tortosa, de su madre feliz, del sabor dulce que rebosa por las comisuras de los labios, por las mejillas y por la garganta. Miel en panal.

–Después bajo más cosas del desván. Vuelvo enseguida. ¡Ah! Y haz lo que quieras, ¡estás en tu casa!

Ramón se quedó solo en la cocina, en medio de un gran silencio, como ocurre en todas las cocinas del mundo cuando cesa la actividad. Platos, ollas, cucharones... Enmudecen un rato, pero reanudan el bullicio en el momento preciso. ¡Faltaría más! Entre tanto, se quedan a la espera, como soldados antes de la batalla, que no se atreven ni a respirar, como guerreros escondidos en el caballo de Troya, en tensión, siempre alerta.

Contó los bocetos hechos durante la mañana, pulió las curvas del almirez de madera, panzudo y aromático, y guardó la libreta en el bolsillo. Tenía casi una treintena de apuntes. Estaba orgulloso, eran buenos apuntes, con muchos detalles, como le había pedido Josep. «¡Hazlo bien, muchacho! –resonaban las palabras del director en su cabeza–. Eres un chico responsable, ¡no nos dejes en mal lugar!»...

Desde el ventanuco de la cocina se veía el bosque y un pequeño prado con la hierba por segar. Los terrenos de la finca Rumbau no eran tan extensos como antaño: la necesidad había obligado a Roser a vender el patrimonio poco a poco, y, aunque no le quedaban muchas tierras, no siempre era fácil encontrar braceros que las trabajasen. Si Espelt prohibía ir allí, pues no se iba y punto. Ah, ¡y nada de lamentaciones!

Tal como había dicho Josep, aquello era la decadencia, el final, que llegaba a trompicones. La casa era bonita, un poco misteriosa y fresca; Roser iba cerrando estancias para reducir el espacio habitado; sólo usaba la cocina, el salón, el dormitorio, el recibidor, el retrete... Poca cosa más.

De pronto se sobresaltó: le subía una tijereta por la pierna. La cogió con dos dedos y la dejó en el suelo. El insecto se dirigió al pasillo y a Ramón se le antojó una flecha que señalaba una dirección. La siguió. Quería ver el resto de la casa. Ya conocía la alcoba de la entrada, porque había dormido en ella, y la cocina, claro, pero lo demás... Supuso que en el piso de arriba habría estancias grandes, de techos muy altos con bovedillas. Le gustaba que hubiese desván, porque en Sabadell vivía en una casa barata, eufemismo que se empleaba por no decir «construida con material de baja calidad».

La escalera interior era ancha, muy señorial, de peldaños grandes y resistentes y baldosas rojas. Por el hueco de la escalera se colaba un rayo de sol que iluminaba una telaraña inmensa, fruto de varios meses de trabajo de unas arañas muy mañosas. Chasqueó los dedos sólo por ver temblar la telaraña. Parecía un arpa de cristal, una sábana de seda tejida por la naturaleza con sus agujas de punto.

Abrió una puerta y encontró otra escalera: la que subía al desván. Dudó unos instantes. Roser le había dicho que bajaría los trastos viejos, pero él quería verlos antes. Se imaginaba arcas de novia llenas de objetos antiguos y polvorientos, tapadas con sábanas zurcidas.

En la mitad de la escalera oyó una tos. Se detuvo. ¿Sería Roser, que ya había vuelto? Tenía que bajar deprisa. Pero no. La tos provenía de arriba, del desván. Era una tos cavernosa e insistente, tos de perro, como decía su madre. Siguió subiendo sin pensar en las consecuencias que podía acarrearle la curiosidad.

Al llegar arriba le hirió momentáneamente una espada de sol. La tos iba en aumento, era un verdadero ataque, de los que agitan tanto los pulmones que parece se nos van a salir por la boca. En efecto, había bultos tapados con sábanas zurcidas que creaban un ambiente tétrico, de cementerio. La tos provenía de un armario situado en el fondo, un mueble pesado, acribillado por la carcoma y con marcas de dedos en el polvo que lo cubría.

Actuó sin pensar. En el momento en que abrió la puerta del armario, otro ruido se sumó a la tos: alguien que se movía, roce de ropa, golpecitos en la madera...

Apartó unos abrigos y una plancha de madera colocada al descuido y entonces lo vio.

4

Ramón jamás olvidaría esa primera impresión. Le recordó a un personaje de El Greco (el Conde de Orgaz, en el célebre cuadro que tan a fondo había estudiado): el rostro demacrado, la boca hundida... Parecía un alma en pena y miraba al muchacho fijamente. Ramón se quedó sin palabras y pasó unos segundos, que se le hicieron eternos, con los ojos clavados en los del desconocido.

–¿Quién es usted? ¿Qué hace aquí? –Se atrevió a decir en voz alta las palabras que le rondaba en la cabeza.

Silencio. La madera del armario crujió. Por fin el hombre reaccionó.

–¡No te asustes! ¡No grites, por lo que más quieras!

El desconocido también parecía asustado y, muy despacio, salió de su escondite. El ambiente del desván se hizo más tétrico de pronto.

–Soy Félix, el hermano de Roser.

Ramón no entendía nada. ¿Qué pintaba el hermano de Roser metido en un armario, en el desván? ¿Sería el hermano desaparecido en la guerra? Se arrepintió de haber subido, se arrepintió de haber ido a la finca Rumbau y por último se arrepintió de haber aceptado el puesto de trabajo en Rocalba. Su capacidad para aceptar sucesos extraños había llegado al límite.

—¡Siéntate, por favor! Siéntate y hablemos un rato.

Félix apartó una sábana y le ofreció una silla. Apenas podía abrir los ojos, la escasa luz del desván lo molestaba.

—¿Y el ama? ¿Sabe que está usted aquí?

—Sí. Lo sabe. —Félix retiró otra sábana, que cubría una banqueta de piano. Se sentó en ella y le señaló la silla—. No te asustes. Tú eres el joven dibujante, ¿verdad?

No tuvo más remedio que sentarse a escuchar. El hombre que decía ser hermano de Roser parecía una llama de vela a punto de extinguirse. También la voz sonaba rara, como frágil y oxidada, y tenía la piel transparente. Los cuatro pelos que le quedaban estaban a punto de despedirse para siempre. Probablemente se los habría arrancado la tristeza que le empañaba la mirada, porque la tristeza es así: nos arranca el cabello a mechones y nos quita la fuerza como a Sansón.

—¿Cuál de los hermanos es usted? Roser me dijo que uno había desaparecido en la guerra...

—Roser sólo tiene un hermano... y soy yo. —Le temblaban ligeramente las manos. —Pero nadie debe saber que estoy aquí. Nadie. Si lo supieran, Roser lo pagaría caro. No se lo vas a decir a nadie, ¿verdad?

43

Entonces aquel hombre encogido empezó a desgranar la historia de su vida desde el principio. Ramón lo escuchó perplejo. Félix Vilà no había desaparecido, llevaba casi diez años escondido en un armario, en el desván de la masía Rumbau, y en efecto, era un espectro, un rumor del pasado.

Varias veces tuvo que interrumpir el relato por culpa de la tos. Se limpiaba la boca con un pañuelo arrugado, cuajado de pequeñas manchas oscuras de sangre que no se molestaba en disimular.

–Soy músico. –Se miró las manos y esbozó una sonrisa–. Mejor dicho, lo era: segundo clarinete de la Banda Municipal de Barcelona. Estudié piano con el gran Joan Lamote de Grignon, un músico excelente, pero el piano no era lo mío y entonces elegí el clarinete. Debió de ser el tacto de la madera lo que me enamoró, y el sonido: dicen que es «la voz del bosque».

El polvo que flotaba en el aire del desván le dificultaba la respiración, pero el grifo de la palabra, una vez abierto, era incontenible. La sed de contacto humano lo estremecía de emoción. En diez años solamente había hablado con su hermana y, en esos momentos, el tímido muchacho lo escuchaba arrobado, cautivo de sus palabras.

–Pasé la guerra en Barcelona. Al principio todavía actuábamos de vez en cuando; después, algunos músicos marcharon al frente, otros se fueron al ver lo feas que se ponían las cosas. A mí me eximieron de ir al frente, me declararon inútil. De niño, estuve a punto de morir de polio y me quedaron secuelas permanentes.

Le enseñó la pierna derecha, claramente más corta que la otra.

–Tenía alquilado un piso cerca de la catedral y no necesitaba mucho para vivir, ni siquiera me afectaba la escasez de comida. Siempre he sido inapetente... Cuando no soporto más estar escondido pienso en la ventana de mi casa, desde donde veía las agujas de la catedral; entonces me imagino que se avecina una tormenta, que el cielo se pone plomizo y que una brisa leve agita la copa de los árboles. Me siento delante de la ventana, con el atril y el clarinete, y, después de calentar con unos estudios, hago los honores al primer movimiento de la *Sonata para clarinete* de Saint-Saëns. Seguro que tropiezo en algún pasaje, pero los dedos obedecen...

Félix se miró las manos, que parecían de cuero repujado: se le marcaban perfectamente las venas. Ramón se ponía cada vez más nervioso. Roser no tardaría en volver...

–Cuando terminó la guerra volví al trabajo. «Depuraron» al maestro Lamote y a otros músicos. A mí me perdonaron la vida, pero me relegaron a la última fila. Yo no decía nada... Pero un día, a medianoche, un antiguo compañero del Conservatorio llamó a la puerta de mi casa. Lo buscaba la policía y me pidió que lo escondiera. Lo habían denunciado unos vecinos por rojo y no sabía adónde ir. Yo no quería líos, pero él me imploró que lo ayudase.

A lo lejos ladraron los perros de la masía. Seguramente habían salido al encuentro de Roser. Ramón se levantó y miró por el ventanuco.

–A la mañana siguiente tenía una entrevista con el nuevo director de la banda, el maestro Bonell. Al volver a casa, vi movimientos extraños cerca de la puerta. No sé... Me avisó el sexto sentido. Me escondí en un portal y vi un reflejo de luz en el balcón. No hizo falta más. Una prima mía me dio cobijo, pero, cuando se enteró su marido, puso el grito en el cielo. Esa misma tarde me acompañaron los dos a Sant Andreu y, desde allí, eché a andar.

–Pero usted no había hecho nada...

–Fue una vecina del rellano, me denunció por esconder a un fugitivo y añadió que yo había colaborado con el enemigo durante la guerra, que tocaba música prohibida, que participaba en actividades subversivas... ¡El enemigo número uno! Eso era lo que querían oír los nacionales. –Félix parecía agotado–. Yo no tenía más que una idea fija: ir hacia el norte, a Francia. Pero, a medida que los caminos del Señor me desgastaban las suelas de los zapatos, más débil y solo me encontraba. La masía tan sólo iba a ser una parada en el camino... Y ya ves.

Los ladridos de los perros se oían cada vez más cerca. Volvía Roser.

–El miedo me corroía... Se me había clavado en el alma. Nunca había tenido tanto miedo. ¿Entiendes? No se me ha pasado, no se ha ido... –Félix agarró con fuerza la mano de Ramón.

–Tengo que bajar. Se alarmarán si no me ven.

–No le digas a Roser que me has visto. ¡No se lo digas, por favor, no se lo digas! –Con los ojos anegados en lágrimas, Félix imploraba al joven que le guardase el secreto.

–No he visto nada. Nada de nada.

Ramón salió del desván rápidamente. Todavía oyó toser a Félix. Mientras bajaba la escalera y se dirigía a la cocina, tuvo la sensación de que había sido un sueño: todo lo que había visto y oído era una mera pesadilla, debida quizás al ambiente fantasmagórico de ese rincón de la casa. Se tocó el bolsillo... ¡La libreta de apuntes! ¡No la podía perder! Deshizo lo andado y subió al desván. Estaba en el suelo, junto a la puerta. Echó un vistazo a la estancia: Félix había desaparecido, se lo había vuelto a tragar el armario. O puede que nunca lo hubiera visto en realidad y que toda la historia del clarinete, la banda, Saint-Saëns, la guerra, la denuncia y la huida no fuera sino una jugada sucia de su imaginación.

Entró en la cocina al mismo tiempo que se abría la puerta principal y enseguida oyó la cálida voz de Roser. Traía un cuenco lleno de trozos de panal chorreando miel. Lo dejó encima de la mesa, le dedicó una breve sonrisa y volvió a salir. ¿Cómo reaccionaría si supiera que había descubierto su secreto? Ahora era depositario de una información muy delicada, casi como, cuando, de niño, tenían escondido a tío Ángel, que era sacerdote. «Si lo encuentran, lo matan», decía su madre. «Medio mundo se esconde del otro medio –pensó Ramón–. Es un juego de locos, una fiesta macabra, un teatro donde lo más importante sucede entre bastidores, y no de cara al público.»

–¡Enséñame los apuntes, chico! –El imperioso tono de Josep lo rescató de tan inútiles reflexiones.

El etnólogo echó un vistazo rápido al trabajo y dio la segunda orden:

–¡Vamos a la granja de los Solá! Todavía no se ha terminado la jornada.

Ramón buscó algún signo de aprobación en la mirada de Josep, algún reconocimiento por los dibujos. Nada. A lo largo del camino fue mordisqueando una rebanada de pan con miel y, al masticar la bresca, se dio cuenta de que tenía una abeja muerta en la boca. Se la quitó y la tiró. Seguro que se había escondido y no le había dado tiempo a escapar.

5

Al día siguiente, Ramón y Josep volvieron a la vaquería de los Solá a dibujar y recoger aperos de la industria láctea. Salieron muy temprano y se llevaron para el almuerzo un trozo de pan con butifarra y una porción de membrillo. Esa mañana, poco después de levantarse, Ramón había oído una tos apagada proveniente de la parte alta de la casa: Félix. ¿Cómo se encontraría? Miró a Josep, pero el etnólogo no se enteraba de nada; estaba sentado en el jergón, distraído, sujetando cuidadosamente con una goma elástica sus fajos de papeles. Eran las notas de campo, que después se convertirían en un libro. La alcoba empezaba a parecer un bazar destartalado: en dos cestos de mimbre que les había prestado Roser se amontonaban sin orden ni concierto varios objetos diversos, de entre los cuales destacaban un enorme collar de oveja, cortesía de una mujer del pueblo que se había librado de los trastos viejos,

49

y un cochecito de muñecas con la capota rota. A Ramón le parecía que los objetos no guardaban ninguna relación entre sí. Iba a preguntar a Josep para qué recogía juguetes estropeados cuando éste le dio una nueva orden:

–¡Cuida mucho esas libretas de apuntes, chico! Tendrás que pasarlo todo a limpio cuando volvamos a Barcelona y no quiero que se te olvide ningún detalle de esos objetos. Quiero decir, que te fijes hasta en la última abolladura, arañazo, fisura, grieta o tara. En fin, que no hemos venido aquí a pintar cromos, sino a ejercer de documentalistas. –Hizo una pausa y miró fijamente a Ramón. –No sé si me entiendes... A los artistas os gusta que todo quede bonito y falseáis la realidad, pero lo mío es ciencia, no castillos en el aire.

–¿Dónde se estudia etnografía, Josep? Lo digo porque... nunca había oído hablar de esa carrera.

El camino a la vaquería fue muy instructivo para Ramón. Se había imaginado a Josep serio y aplicado, entrando y saliendo por las puertas de la universidad, pero la realidad (esa realidad que era el estímulo vital del etnógrafo) le proporcionó una visión completamente distinta. Resultó que Josep era sastre y que debía todos sus conocimientos sobre costumbres y tradiciones a una curiosidad insaciable, a la lectura voraz y a una disciplina que sólo en contadas ocasiones había dejado de cumplir. El deseo de aprender lo atrapó desde muy joven, influido tal vez por la vida nómada que llevó desde la infancia, cuando su padre –también sastre –iba de pueblo en pueblo haciendo arreglos, como decía él. En esa época, la vida útil de los objetos se alargaba gracias a un regimiento de lañadores, carpinteros, paragüeros, afiladores, zapateros, silleros, guarnicioneros, canasteros, colchoneros y muchos artesanos más que, al estilo de la Edad Media, se ganaba unos reales ofreciendo sus servicios de pueblo en pueblo.

–Soy autodidacta –dijo Josep con un deje de orgullo.

Autodidacta. «Una palabra noble», pensó Ramón. Querer aprender es positivo, es señal de deseos de avanzar en la vida; en cambio, hacerlo sin maestros, sin los recursos necesarios, sin compañeros de camino, revela una pasión auténtica, una firmeza indestructible.

Josep había ido a vivir a Barcelona en el año 1922, donde enseguida conoció a un famoso folklorista en la Asociación Catalana de Danzas Tradicionales. Fue el primer contacto que tuvo con otra persona que, como él, estaba «tocada» por el amor a los pequeños detalles de la vida cotidiana del pasado. Leyó mucho, asistió a conferencias, siguió haciendo descubrimientos, publicó (sin cobrar) artículos en revistas y boletines divulgativos y especializados. Gracias a toda esa actividad y a una disciplina que no creía poseer, fue acercándose lenta pero inexorablemente a donde quería llegar. Repartía el tiempo entre su profunda afición y el trabajo de sastre: cosía por encargo de establecimientos famosos, los cuales apreciaban la finura y la impecabilidad de su trabajo, aunque no sospechaban que fuera el resultado de dejarse las pestañas cosiendo hasta altas horas de la madrugada; a menudo veía entrar por el balcón las primeras luces del alba y se adormecía sobrehilando costuras de pantalones o picando cuellos de americana. La manga del café se convirtió en una compañera inseparable.

51

Habló mucho en el trayecto hasta la vaquería de los Solá, aunque omitió sus circunstancias personales (si estaba casado, por ejemplo). Ramón tampoco se habría atrevido a preguntar. Josep se entregaba al trabajo en cuerpo y alma como si fuera un sacerdocio en el que no tenían cabida mujer ni hijos.

El concierto de ladridos con que los perros de los Solá los recibieron les pareció menos hosco que el día anterior. Tampoco los propietarios se deshicieron en atenciones con ellos, pero, en cuanto Josep les ofreció dinero, se les cambió la cara e incluso una de las hijas se avino a enseñarles cómo se hacía la mantequilla y los utensilios que se empleaban. El dueño los miró como si estuvieran chalados («Éstos de la capital... últimamente lo hacen todo al revés», farfullaría después entre dientes), pero puso la mano, recogió las pesetas y se fue adentro.

Teresa, la hija del matrimonio les contó muchas cosas. Josep ya sabía algunas, otras no, pero lo anotaba todo frenéticamente. Una vez destetados los corderos, separaban a las ovejas de cría del resto del rebaño y las llevaban a pastar a los prados más altos, donde la hierba era más fresca. Después, entre junio y septiembre, llegaba la temporada de elaborar la mantequilla y el queso. Se ordeñaba a las ovejas dos veces al día, por la mañana y por la noche; se colaba la leche con un trapo de lino; luego se vertía en un recipiente de cerámica, se tapaba bien, se ponía a refrescar en la orilla del río y se recogía la nata en varias tandas con una cuchara de madera de boj.

–Esto es la mazadora, donde se remueve la leche hasta que se convierte en mantequilla. Antes se hacía con un odre –explicó Teresa.

–¿Y no conservaréis el odre, por casualidad? –preguntó Josep.

–No lo sé. Se lo preguntaré a mi padre. Puede que no lo haya tirado.

–Si lo tenéis, me interesaría comprarlo. Os lo pagaría bien.

–¡Padre!

Solá tardó en llegar. Apestaba a vino y no paraba de refunfuñar y maldecir la hora en que había dado permiso a esos dos tipos para entrar a fisgonear en su casa. Se llevaron muchas cosas de la vaquería; la mula –que por suerte les había dejado Roser– volvió bien cargada.

Aunque el odre de la mantequilla estaba muy deteriorado, a un paso de la desintegración, Josep no cabía en sí de gozo. Tras recibir unas monedas, Solá tuvo el detalle de contarles cómo lo utilizaban antaño. Así se enteraron de que se utilizaba el pellejo de un animal a modo de saco; ataban la boca con unos cordones, metían dentro la nata de la leche y dejaban un orificio abierto, por donde lo hinchaban soplando a través de un tubo de madera. Luego lo posaban en el suelo y le daban vueltas, hasta que la grasa se separaba del suero; entonces sacaban la grasa, convertida en mantequilla, la metían en escudillas y la salaban.

Solá se daba importancia, aunque la situación le parecía un poco absurda. Se le ocurrió invitarlos a un trago de *barreja*[1]. Sacó el porrón y, haciendo caso omiso de las excusas del joven dibujante, que no quería beber a esas horas, le dijo:

---

1 *Barreja*: mezcla popular, generalmente de vino o moscatel con cazalla o anís.

–¡Si ya tienes pelos en la barba! ¡No te hagas el señoritingo de la capital, anda!

A media tarde cargaron la mula para volver a la masía Rumbau: el odre, un cazo de madera para recoger la nata de la leche, un cuenco de salar bolas de mantequilla, una quesera de madera de olmo (obra del padre de Solá), un hervidor de hacer requesón...

–No pensaréis quedaros ahí mucho tiempo... –dijo Solá en un tono híbrido, entre la afirmación y la pregunta, un sonsonete indefinido al que, después de charlar con él un rato, ya se habían acostumbrado.

–Seguramente un mes –dijo Josep.

–¡Pues, andad con ojo! Los del pueblo no aprecian mucho a los Vilà. Roser es una buena mujer, pero lo acabará perdiendo todo por tozuda. ¡Las mujeres no tendrían que hacer de hombre, caray!

Incómodos por el comentario, Josep y Ramón se apresuraron a asegurar bien la carga. Entre tanto, Solá, animado por la bebida, siguió hablando.

–Por lo visto, ese hermano suyo era rojo. Todavía lo buscan. Dicen que no pasó a Francia, que no tuvo agallas... Llegó a decirse que se escondía en estos bosques, pero yo no lo creo. Era un alfeñique que no habría resistido ni una helada... Para mí que se lo cargaron en la frontera.

Hasta un buen rato después de haber dejado atrás la vaquería ninguno de los dos se atrevió a abrir la boca.

–Josep, ¿dónde estabas cuando la guerra? –preguntó Ramón de pronto, asombrado de su propia osadía.

–En Barcelona.

–¡Ah!

El etnógrafo no tenía ganas de hablar, pero el muchacho no podía dejar de pensar en las palabras de Solá, en el desprecio con que se había referido a Félix.

–Seguro que el hermano de Roser llegó a Francia, ¿verdad? Como muchos otros... Dicen que todavía hay algunos hombres escondidos... –Ramón miraba a Josep de reojo.

–Escondidos... Uno de los peores recuerdos que tengo es cuando teníamos que escondernos en los refugios antiaéreos, entre llantos de niños, miedo, olor a humedad y sudor...

El camino era cuesta arriba y a Josep le costaba respirar. Ramón se sumergió en un pasado no muy lejano. También él recordaba los bombarderos que sobrevolaban los campos. Entonces le vino a la memoria lo que un día había contado su padre a su madre cuando creían que él estaba profundamente dormido. A veces, de madrugada, poco antes del alba, su padre se iba a la huerta de Campredó a buscar algo de comer, esquivando los potentes reflectores nacionales y a los soldados que patrullaban cerca del Ebro. Una noche de lluvia torrencial, al volver de una de esas incursiones de aprovisionamiento, se encontró con un grupo de soldados republicanos, desfallecidos y empapados de lodo. Antes de que lo vieran, corrió a esconderse detrás de unas piedras que había cerca del cementerio, al lado de un olivar. Entonces llegó el horror. Con la culata de los fusiles, los soldados se pusieron a destrozar las lápidas de los nichos; tiraron al suelo los despojos de los muertos y se metieron ellos en su lugar para resguardarse de la lluvia.

El estrépito del destrozo, los restos humanos esparcidos por todas partes, la desesperación de los soldados... El padre de Ramón tardó muchos años en olvidarlo y el muchacho también. Aunque no lo había visto con sus propios ojos, se había formado un recuerdo espeluznante que le producía pesadillas. Ni siquiera lo podía conjurar, porque se había creado solo en su cabeza, como una estampa nebulosa y tétrica.

Aquella tarde Roser los colmó de atenciones. La casa olía a ricas viandas, a cebolla asada a las brasas, a pan tostado, y, antes de irse a la cama, todavía les ofreció un puñado de nueces, avellanas y pasas. «¡Hoy habéis trabajado mucho!», les dijo.

Estaba Ramón paseando por los alrededores de la casa, respirando un poco de fresco aire nocturno, cuando se le acercó Roser.

—Mañana tendrías que subir al desván. He sacado unos baúles de novia en los que encontrarás de todo. Echa un vistazo tú primero, porque me parece que hay demasiado polvo para Josep y es mejor que no toque nada todavía. Pero tú puedes subir.

El muchacho no se atrevía a mirarla a la cara, pero, cuando lo hizo, se encontró con una mirada de complicidad.

—Puedes subir, si quieres.

6

—¡Quien paga, manda! –dijo Josep con cierta resignación, al marcharse hacia el pueblo.

Iba a llamar por teléfono al museo para informar de las actividades realizadas hasta entonces. Le pareció bien que Ramón se encargase de la primera criba de los objetos del desván; se había entusiasmado cuando Roser le dijo que entre los trastos viejos también había juguetes de la familia. Uno de sus sueños secretos era, precisamente, crear en el museo una sección dedicada a los juguetes antiguos; le parecía extraordinario todo lo referente a la necesidad de hombres y mujeres de crecer jugando. Por esa razón recogía cuanto se le pusiera al alcance de la mano, desde un juego de bolos, una peonza o un sonajero de cartón, hasta una muñeca de cera, un tambor de hojalata o un zootropo.

Roser lo sabía, pero no decía nada. No lo recriminó, no lo regañó ni se asustó al saber que Ramón había descubierto el secreto. El muchacho no lo entendía. Se preguntaba por qué, pero a esa pregunta la seguían otras; cuando subió de nuevo al desván, dispuesto a sacar a la luz las antigüedades de la casa, pensó en Félix: tal vez hubiera abandonado el estrecho habitáculo del armario y se hubiese trasladado a otro lugar.

Pero Félix estaba allí esperándolo. Al abrir la puerta lo recibió con su obstinada tos de perro y un esbozo de sonrisa.

–¡Cuánto me alegro de volver a verte, Ramón! ¿Sabes una cosa? Mi hermana me ha enseñado unos cuantos dibujos tuyos. El odre de la mantequilla, la cabaña del pastor... Allí pasé una noche, cuando no me atrevía a acercarme a casa.

«Es una figurita», pensó Ramón. Y es que lo parecía: una figurita de vidrio sentada en una silla y tan temerosa de romperse que pedía delicadeza hasta al aire.

La gran cantidad de recuerdos del pasado que guardaban los baúles de novia le inspiraba un profundo respeto, que se expresaba en el cuidado con que los manipulaba y en la levedad de las huellas que dejaba en las polvorientas superficies. Al sacar el primero –un tambor de hojalata de juguete –algo se removió en la memoria de Félix y, como en el primer encuentro, sintió la necesidad de hablar. A veces es difícil contener los recuerdos, cuando se ha pasado mucho tiempo en soledad y hay tanto que contar y sobre lo que reflexionar en voz alta.

–La música... Yo vivía por y para la música, por y para interpretarla y escucharla; sólo he sido plenamente feliz con una partitura delante de mí, peleándome con lo que el compositor quería decir, con lo que yo debía transmitir al público. ¿Sabes lo que significa no poder escuchar música nunca? Y no me refiero a la radio ni a la gramola de mi hermana, sino a la que ejecuta ante el público un grupo de músicos, que se pone de acuerdo para hacer una interpretación única e irrepetible.

Ramón dejó un objeto que tenía entre las manos y se sentó en la banqueta del piano.

–Nunca más sonará esa pieza de la misma forma. Puede haber una nota un poquito más larga, un músico que entre una milésima de segundo más tarde, un ligero desajuste entre la madera y el metal, una frase que gane o pierda expresividad, un gesto del director que ralentice el ritmo... Y, cuando está uno en medio de la orquesta, rodeado por el sonido de todos los instrumentos, se forma parte integral de ese momento. No importan las preocupaciones que nos aguarden al terminar, porque la música ha pasado por nosotros y nos ha dejado su efecto benéfico.

A Ramón nunca se le olvidaría esa mañana. La sed de contacto humano de Félix encontró en el muchacho el receptor ideal, que no enjuiciaba, ni observaba ni menospreciaba. Abrió su alma de artista a otra alma afín. El amor por la música, tal como lo había expresado Félix, era la translación perfecta de los sentimientos de Ramón por el dibujo y la pintura. Por más que las horas se alargasen o tuviera hambre y sed, por más que conviviese con la tristeza y la nostalgia, cuando tenía un lápiz en la mano y un trozo de papel o lámina, las dificultades del mundo desaparecían como si se hubiesen calzado las botas de siete leguas.

La historia de Félix tenía capítulos luminosos (los domingos por la mañana, con la banda, en el Parc de la Ciutadella, las veladas en el hotel Ritz, la época en que el foxtrot *Crits...!* escandalizaba al público del teatro Eldorado, las actuaciones con la Orquestina Tzigana, los bailes de disfraces en el Cabaret Catalán, los discos grabados con la Orquesta del Gramófono) y otros que se iban oscureciendo progresivamente hasta fundirse en negro. Cuando se marchó de Barcelona, huyendo de una detención y, probablemente de la cárcel, la tierra parecía reclamarlo a cada paso, le recordaba que lo iba a engullir, que le pertenecía. Pero él siguió adelante a pesar de los pies llenos de ampollas, los zapatos destrozados, la ropa hecha trizas y un hambre atroz que le horadaba el estómago. Marchaba por las noches y durante el día se escondía en los campos para que nadie lo viera. Tenía la palabra «norte» grabada entre ceja y ceja. Debía ir hacia el norte. Comía lo que encontraba. O no comía. Anduvo muchos días, siempre pensando que sería el último, que iban a encontrarlo y que desharía el camino recorrido con tanto esfuerzo en un camión de prisioneros.

–Tendrías que escaparte, irte de aquí. A lo mejor puedo ayudarte... –dijo Ramón.

–¿De qué serviría? Ya no puedo tocar. Se me han oxidado los dedos, he perdido labio y... –se quedó en silencio.

–Ahora, como ha terminado la Segunda Guerra Mundial, es posible que cambien las cosas. Europa no puede convivir con una dictadura; dicen que van a hacer algo.

–Lo que dices es razonable, Ramón, pero yo estoy acabado. No puedo ganarme la vida. No puedo tocar. Ya no soy músico.

Fue entonces cuando Félix se dirigió al armario y sacó un estuche negro. Cuando lo abrió, Ramón vio el clarinete desmontado: la boquilla, el barrilete, los cuerpos superior e inferior, la abrazadera y la campana.

–No tengo fuerzas ni para montarlo; tampoco tengo grasa para el corcho, las cañas están rotas... Está tan muerto como yo.

Al principio, Félix y su hermana habían improvisado ese escondite secreto en el desván como medida provisional. Nadie se imagina que la necesidad vaya a durar mucho tiempo y, según dicen, la esperanza es lo último que se pierde. Félix vivió los primeros años con extrañeza, pero con paciencia. Por la noche salía a respirar aire fresco, pasaba el día en el desván y, si sospechaba que podía acercarse alguien a la masía, se escondía en el cubículo del armario. Fue necesario adaptar la rutina doméstica a las nuevas necesidades: nunca se tendía al aire libre la ropa de Félix, ninguno de sus objetos podía quedar a la vista e incluso evitaba ir al retrete a hacer sus necesidades y utilizaba, en su lugar, un orinal, que se vaciaba por las noches, siempre con precauciones para no levantar la menor sospecha de su presencia. Se acabó la música: si estaba en Francia, nadie debía oírlo tocando en Rocalba. Con el paso de los días, fue ganando terreno la inactividad, hasta que se presentó una nueva inquilina en la casa. Se llamaba «apatía». «Las cosas cambiarán, ya lo verás. Esto no puede continuar así.

Cuando termine la guerra en Europa, será el momento...».
La amalgama de apatía y esperanza fue tejiendo una telaraña, transparente, pero telaraña al fin.

—Al principio, aún tenía ánimos para tocar.

Ramón se extrañó.

—No soplaba. Tan sólo deslizaba los dedos por las llaves. —Miró el instrumento desmontado—. Y, mientras hacía como que tocaba el adagio del *Concierto para clarinete* de Mozart (por decir una de la piezas más difíciles para mí), me imaginaba que todo volvía a la normalidad... y la masía Rumbau se alejaba con cada nota.

No bien hubo guardado la funda con el instrumento, lo acometió un ataque de tos tan brutal que Ramón se asustó. Félix sudaba, se limpiaba la boca con el pañuelo y lo estrujaba para que el muchacho no viese las manchas. Ese día, Ramón percibió con creciente alarma que Félix tenía los ojos aún más hundidos en las cuencas, como si una fuerza maléfica los succionase desde dentro.

—¡Que egoísmo el mío, Ramón. A penas sé nada de ti... sólo que vas a ser un gran artista.

El relato de Ramón fue breve. Únicamente le dio tiempo a contar que a los siete años copiaba los dibujos de Méndez Bringa y de Regidor, que ilustraban algunos *Cuentos* de Calleja, y que un cliente bastante acaudalado, que regentaba una mercería, había aconsejado a su padre que lo mandase a clases de dibujo, porque tenía madera.

Los interrumpió Roser, que fue a decir a Ramón que bajara algunos cachivaches a la cocina, porque Josep estaba al llegar.

«Cuando vivía en Barcelona, ¿sería soltero o casado? ¿O viudo, tal vez? ¿Tendría hijos? ¿Estarían vivos todavía? No ha dicho nada de su vida personal», reflexionaba Ramón mientras amontonaba objetos encima de la mesa de la cocina. Félix no había aludido a sus sentimientos amorosos, y eso le parecía extraño. O no tanto. La falta de información acerca de los sentimientos es proporcional a la intensidad del dolor.

El amor: Una súbita llamada a la puerta del corazón que nos arranca de la tranquila poltrona de la paz en la que nos sentábamos y nos arrastra hasta la puerta para abrírsela a un desconocido. Rememoró el momento en que la muchacha de la panadería le ofrecía un trozo de torta, así como el gesto de levantarse la melena un instante con ambas manos y dejarla caer inmediatamente. Es la llamada de la naturaleza, que empuja a la humanidad a la aventura del amor, aun sabiendo que caerán muchas víctimas por el camino.

El amor... La llave de todas las puertas: las abre, las cierra con dos vueltas, se puede perder y no volver a aparecer hasta que la puerta que debía abrirnos haya dejado de existir. O puede que no encuentre la cerradura adecuada, o que se oxide, se melle o pese demasiado...

–Ramón, necesito que dibujes la falleba de la puerta del granero –dijo Josep al tiempo que entraba en la cocina.

Nada más oportuno.

7

A medida que transcurrían los días, los habitantes de Rocalba dejaron de mirar con extrañeza a la pareja de la capital que estudiaba las costumbres y tradiciones. No es que los aceptasen –seguían considerándolos unos ilusos que pretendían vaciar el mar a cucharadas–, pero la vida ya les resultaba bastante difícil para ponerse a perder el tiempo pensando en lo que hacían los demás. De una manera u otra, todos habían aprendido que el verbo «callar» se conjugaba con una seguridad que no ofrecía el verbo «hablar». Sacar pecho, criticar y destrozar la reputación del prójimo a base de infamias eran privilegios reservados a quienes se vanagloriaban de haber ganado la guerra. Para los demás, mejor no llamar la atención.

En el pueblo, Ramón vio a la chica de la panadería, pero de lejos. Ella lo saludó alegremente con la mano. Él sólo se atrevió a hacer un tímido gesto con la cabeza (aunque dudaba que ella lo hubiera visto desde donde se encontraba). Se dirigían a casa de los Bronshoms, quienes pensaban que les había tocado la lotería porque alguien se interesaba por comprarles los trastos viejos que pensaban tirar a la basura.

En ese preciso momento subía por el camino en dirección a la finca Rumbau el alcalde de Rocalba, Eudald Bricall. Se detuvo un instante a contemplar el pueblo. Era suyo. Si las cosas no se torcían, se mantendría en el cargo muchos años, el tiempo necesario para acumular un patrimonio respetable. Ya había comprado muchas casas y tierras; no siempre se las habían vendido de buena gana, pero, por lo general la balanza solía inclinarse a su favor, como debía ser, puesto que era amigo íntimo del gobernador civil, podía presumir de una cicatriz ganada en el frente aragonés, en combate contra los republicanos, y sabía a quién debía untar con dinero y con qué don nadies no valía la pena perder el tiempo.

No era ni mucho menos la primera visita que hacía a Roser. Ella lo temía. Temía el rictus hipócrita de Bricall, el bigotito delgado y el pelo impregnado de fijador, las gafas oscuras y el fuerte olor a loción. Después del saludo de rigor, el alcalde fue al grano: quería más información sobre los huéspedes de la masía.

–¿Qué narices es la etnografía? He visto muchas cosas en mi vida, pero ¡eso pasa de castaño oscuro! Me parece a mí que ese Reguant está tocado del ala...

–Trabajan por cuenta de un museo. Reguant es famoso por lo que hace, incluso ha publicado libros...

–¡Huy, sí! ¡El gran autor! ¿A quién le interesan los libros sobre cachivaches viejos? ¡A mí no, desde luego!

Roser no se atrevía a abrir la boca. Tampoco habría servido de nada. Bricall nunca escuchaba, se tomaba al prójimo por público de sala de teatro.

–Un chalado, Roser, ¡se te ha colado un chalado en casa! Debes quitártelo de encima...

La visita duró más de una hora. Al alcalde se le antojó tomar un poco de vino y unos frutos secos con pan. Sólo le faltó poner los pies encima de la mesa. No lo hizo porque era hombre de gestos pequeños y disfrutaba más degustando fríamente el poder que ejercía. Ya llegaría el momento de poner los pies (y las manos) encima de esa mesa y de todas las demás cosas de la casa. Paciencia.

Cuando se fue, Roser subió al desván. Félix se encontraba francamente mal. La maldita tos no remitía, tenía la cara de color ceniza y cada vez comía menos. Roser lo obligó a beber agua y empezó a preocuparse de verdad: el estado de su hermano dejaba mucho que desear. «No es sólo que esté triste y se aburra, aquí pasa algo grave. ¿Qué podría hacer yo para que lo viese un médico?», se preguntó.

Félix se negaba a salir del desván, prefería quedarse allí arriba, a pesar del calor que empezaba a hacer debajo del tejado. Sólo se sentía seguro en el cubículo del armario, en el exiguo cuchitril convertido en útero materno, cálido y acogedor, adonde no llegaban los peligros del mundo.

66

–¡Menos mal que el muchacho me da conversación, Roser! –le dijo a su hermana.

Ella se alegró de haber confiado en el joven dibujante, que esporádicamente hacía compañía a Félix y le proporcionaba el calor del contacto humano, cosa que no apreciamos como es debido hasta que nos falta.

La jornada en casa de los Bronshoms fue muy productiva y, después, se acercaron a la panadería. No fueron a comprar pan ni torta, sino a pedir permiso al panadero para que Ramón se quedase a dibujar algunas herramientas del obrador, y Espelt se lo dio. Entre tanto, Josep volvería a la masía con la mula, a ordenar los objetos adquiridos y a preparar el primer envío que el transportista se llevaría a Barcelona.

Después de comer, Espelt siempre echaba la siesta, para compensar la falta de sueño, pues madrugaba mucho. Dejó entrar al joven en el obrador y encargó a su hija que lo vigilara y le diese las explicaciones necesarias. Por fin Ramón podría poner nombre a la causa de su inquietud. Se llamaba Celia.

* * *

Esa tarde olía a pan: pan dorado, de miga esponjosa y corteza crujiente; pan tan tierno que se deshacía en la boca dispuesto a saciar el hambre. El pan arenoso y negro, el pan de pobres, desapareció del obrador llevándose la angustia y la dureza de los tiempos que corrían. Cuando, más adelante, Josep le explicó el significado de la expresión «pan de ansias», la memoria de Ramón viajaría de golpe a esa tarde de julio. El «pan de ansias», era un pan pequeño que ofrecían los novios en la ceremonia de la iglesia como símbolo de un momento irrepetible.

Y es que lo que sentía Ramón en esos instantes era ansia, aunque no supiera cómo llamarlo. Miraba a Celia, la veía sonreír, charlaban, pero se le escapaban sus palabras y no podía retenerlas. Él era poco hablador, a ella no le frenaba la timidez. Habría podido dibujar todos los gestos de la joven, porque el tiempo transcurría muy despacio. Más adelante, el recuerdo que elaboraría mentalmente mil veces se alimentaría de retazos de imágenes primorosamente guardadas. En cambio las palabras no las recordaría, porque sólo prestaba atención a su mirada y olvidó cuanto se dijeron.

Dibujó la artesa, la mesa donde se amasaba, el horno, los sacos de harina, las palas de meter y sacar el pan del horno, el tirabrasas, la espátula, el recipiente de la levadura y el cepillo de barrer la harina; también los panes, colocados en las paneras, las tortas de encima del mostrador, el saco de los mendrugos, los moldes de papel de las magdalenas, los cuencos del azúcar y la sal, los saquitos de almendras y piñones, las hueveras... La mano dibujaba deprisa, empujada por la emoción de saberse el centro de la mirada de la muchacha. En ese instante tuvo una viva conciencia de que el lápiz no lo traicionaba, no se atascaba sobre el papel, sino que lo ayudaba.

–¿Y por qué no me dibujas a mí? –De un brinco, Celia se sentó en el borde de la mesa de amasar–. Nunca me han hecho un dibujo.

Ramón se puso tan colorado como si se hubiera arrimado al fuego vivo del horno. Arrancó una página de la libreta e hizo un gesto afirmativo: iba a dibujarla. La muchacha se puso a mirar al infinito; seguramente pensaba que era la forma más adecuada de posar para un retrato.

–No, no. Tienes que mirarme a mí –dijo Ramón con un hilo de voz.

Así fue como Celia emergió del papel. Ramón se fijó en su actitud, en su mirada, limpia y risueña, en el pelo, un poco rebelde, en los ojos, que decían tantas cosas sin ningún remordimiento de conciencia. «No se puede dibujar igual a todo el mundo –decía el maestro de la Massana–. Hay que fijarse en los detalles, en la actitud de la persona. Fíjate en ése. Parece pescador. Cuando está de pie, se despatarra como para no perder el equilibrio que necesita en la barca. Ese otro es montañés: anda echando el cuerpo hacia delante, porque está acostumbrado a subir por el monte...».

Entre tanto, los dieciséis años de Celia revolotearon por el obrador y fueron a posarse en la hoja de papel. Cuando Ramón alargó el brazo para dárselo, Celia saltó de la mesa y lo cogió con curiosidad.

–¡Muchas gracias, Ramón! ¡Es muy bonito!

Se sentó a su lado y lo miró de hito en hito. Lentamente, le acercó la mano a la cara (o, al menos, así recordaba Ramón el gesto, lento y preciso) y le rozó la mejilla con suavidad.

–La harina se mete en todas partes.

Se echaron a reír con nerviosismo y justo entonces apareció Espelt. No estaba de muy buen humor, porque a veces no le sentaba bien la siesta.

–¡No puedo perder más tiempo, chico! ¡Para llenar el cajón tengo que ponerme a trabajar!

Ramón recogió sus cosas y vio que Celia, a escondidas de su padre, le metía una porción de torta en el zurrón.

–Yo que tú no me quedaría mucho tiempo en la masía Rumbau. La mujer no debe vivir sola, necesita un hombre que la dirija. –La mirada de Espelt era fría–. ¿Sabéis que su hermano colaboró con los rojos? Yo no me mezclaría con gente de esa calaña. Díselo a tu... –No sabía qué tratamiento dar a Josep–. Di al hombre ese que apunta tantas cosas y compra tantos cacharros viejos que estaríais mejor en el hostal.

El panadero se puso a trajinar sin dejar de refunfuñar, chupeteando un palo de regaliz. Las nubes de harina del obrador ya no parecían tan blancas y sutiles como un rato antes, cuando dibujaba a la muchacha. Ahora era polvo de una harina de la que solo saldría pan negro.

8

Hablaron de la muerte, del temor que provoca y de la red de leyendas, supersticiones y conjuros que, para poder convivir con ella, teje la humanidad a su alrededor. El tema había salido a colación al encontrar Roser en el desván unas piezas sueltas de la vajilla de duelo de su abuela. A Josep le fascinaba el tema del culto a la muerte, y se puso tan contento que le ofreció una buena cantidad por ellas. Hacía tiempo que andaba detrás de un hallazgo así, pues eran muchos los que dudaban de la autenticidad de esa clase de loza, aunque él había encontrado pruebas suficientes que confirmaban la costumbre de servir en una vajilla especial los ágapes de después de los entierros, así como su uso continuado durante todo el año siguiente, es decir, a lo largo del primer año de luto. Los cuatro platos que había encontrado Roser eran de cerámica vidriada y estaban adornados con una letra M. «Eme, de muerte», sentenció Josep.

El etnógrafo había recogido todo tipo de leyendas en sus incursiones por las montañas. En algunos pueblos, cuando se temía que un moribundo estuviera poseído, la familia ponía agua y aceite en un plato y observaba atentamente el líquido para ver si aparecía el brujo (o la bruja) que hubiera ocupado el cuerpo del ser querido. También se había documentado sobre las mujeres a las que se pagaba por ir a llorar a los entierros, así como sobre los distintos nombres que recibían según la zona de los Pirineos de que se tratase: plañideras, lloronas, *marmanyeres, pluraires...*

De las tradiciones recopiladas por Josep en los pueblos de Lérida, había una que a Ramón le parecía más lógica: la de vestir a los muertos con su mejor traje, pero sin zapatos, porque, si no, regresaban y hacían la vida imposible a sus deudos.

Sin embargo, al parecer, se había enterrado a muchos con los zapatos puestos, porque Josep había recopilado un sinfín de leyendas de aparecidos, de almas en pena, de fantasmas... de muertos, en fin, que se resistían al obligatorio tránsito al más allá. Los protagonistas eran mozos de costumbres relajadas que «volvían» a casa a pedir perdón por sus errores de juventud y no dejaban dormir a sus apenados familiares, de hombres que habían llevado una vida poco ejemplar y, una vez enterrados, emitían llamaradas desde la tumba, de niños desaparecidos a tierna edad que, para desesperación de sus padres, revolvían el armario de los juguetes por la noche, de fantasmas de antepasados que visitaban la casa por Navidad y dejaban huellas de pies en las cenizas de la chimenea.

Hablando de la muerte, Roser se entristecía por momentos. Josep no se daba cuenta, sobre todo porque lo cegaba el entusiasmo por el hallazgo de la vajilla. Sin embargo, a Ramón no le ocurría lo mismo, porque se figuraba perfectamente qué era lo que la preocupaba. Con todo, la vio sonreír cuando Josep recordó la leyenda popular de un estudiante fanfarrón que presumía de no tener miedo nunca, y al que sus compañeros desafiaron a pasar por delante del cementerio a media noche, gritando a los muertos que lo agarrasen con fuerza. Envalentonado, el muchacho cumplió el reto aquella misma noche y, embozado en su capa, llegó hasta la puerta del cementerio, donde se puso a dar voces.

–¡Ánimas, tomadme! ¡Ánimas, tomadme!

Lo repitió varias veces para que lo oyesen sus compañeros, quienes lo observaban desde lejos. Cuando se disponía a marcharse, notó un fuerte tirón. Alguien lo sujetaba por la capa y no lo soltaba. Del susto que se llevó, perdió el conocimiento y se desplomó en el suelo cuan largo era. Cuando sus compañeros acudieron a socorrerlo vieron lo que había sucedido: se le había enganchado la capa en la reja de la entrada del cementerio. ¡Eso era lo que lo había «tomado» a su amigo y no quería soltarlo! A partir de entonces, el fanfarrón pasó mucho tiempo con la cabeza escondida bajo el ala.

Estaban en la cocina de la masía, a resguardo de un sol de justicia, verdaderamente abrasador. Por el camino llegaba Celia Espelt tirando de una mula tozuda y cansada.

–Se ha vuelto a estropear el camión del reparto y mi padre me ha mandado a repartir el pan de la semana –dijo, alargando la mano para coger el vaso de agua que Roser le ofrecía.

Se quedó un rato y Ramón se sentó con ella en el soportal.

–Me gustaría ver otros dibujos tuyos –dijo al muchacho, alargando la mano hacia la carpeta de las láminas.

Desde la cocina, Roser y Josep se quedaron un rato mirándolos, ella con ternura, él con impaciencia. Sus respectivos recuerdos de juventud no se parecían en nada: los de Roser eran agradables e inspiraban nostalgia y agradecimiento; en cambio Josep había guardado los suyos bajo llave hacía mucho tiempo, en un cajón de la memoria. Es de suponer que por amargos.

Ramón no había tenido en cuenta que algunos dibujos podrían ponerlo en un aprieto:

–¿Y éste quién es?

Eran bocetos de Félix, de su rostro apagado y su mirada hundida. Reaccionó rápidamente.

–Son bocetos de fotografías que me enseñó Roser.

–¡Qué señor tan triste! ¿Es un familiar?

–No lo sé. No me he atrevido a preguntar.

El sol de mediodía aplastaba.

–Tengo que terminar el reparto, si no, mi padre se va a enfadar.

La vio alejarse por el camino. Poco antes de desaparecer en un recodo, se volvió y saludó con la mano. Era una estampa digna de plasmar en acuarela, pensó Ramón, y empezó a pintarla mentalmente.

Reanudaron la conversación interrumpida por la visita de la muchacha, pero esta vez el pan (el pan, ¡cómo no!) también tuvo algo que ver: Roser cortó unas rebanadas, las regó con vino y las espolvoreó con azúcar moreno; entonces, Josep (un poco suelto por el vino y el calor) les contó más cosas de la muerte.

–Una vez estuve en un funeral en Banyoles. La familia, bastante acomodada, por cierto, vivía en una masía del siglo XVI; me enseñaron una estancia a la que denominaban «la habitación del pan». Al abrir la puerta me envolvió un olor impresionante: había allí más de un centenar de hogazas de kilo, colocadas en anaqueles de mimbre; eran para repartirlas entre los asistentes al duelo, una para cada uno. «¡Hay que cumplir las tradiciones hasta en los malos tiempos!», me dijeron.

Ramón se imaginó la habitación llena de pan y pensó que más de uno iría al entierro por la hogaza, no por decir el último adiós al difunto. Y dejó vagar la imaginación en tanto Josep, achispado por el vino y el azúcar, proseguía con su relato sobre el pan de ánimas, el pan de ángel, el pan de munición y otras muchas curiosidades que el dibujante no se molestó en memorizar.

9

Quince días. A Ramón no le quedó más remedio que dar la razón a quienes dicen que el tiempo pasa más deprisa cuando no estamos en casa. Desde que «descubrió» a Félix, siempre que podía subía a verlo un rato al desván. Contaba con la aprobación tácita de Roser, pero Josep estaba completamente al margen. Ninguno de los dos se lo había contado: para él, Félix no existía. Roser no lo hacía por desconfianza, sino porque sabía que el etnógrafo no quería complicaciones que pudieran distraerlo del trabajo al que se había dedicado y se dedicaba en cuerpo y alma. En cambio había confiado instintivamente en el muchacho, a la vez que reconocía haber caído en la tentación incontenible de confesar un secreto que había ocultado mucho tiempo.

Tenía plena conciencia de encontrarse al borde de un abismo. La función estaba a punto de terminar, ella misma estaba llegando al final de una etapa. No lo presentía, lo sabía. Curiosamente no tenía miedo. La vida nos puede pellizcar y ahogar mientras nos consumimos, pero llega un momento en el que ya no podemos más, hemos quemado toda la leña, no podemos culparnos de no haber hecho todo lo que estaba en nuestras manos: la suerte está echada.

De todas las conversaciones que sostuvo Ramón con Félix, hubo una sobre la que volvería a menudo muchos años después, porque fue comprendiendo su significado en pequeñas dosis, a lo largo de la vida. Félix siempre estuvo solo. Su luz interior no siempre atraía a los demás, pues era un resplandor que intimidaba, porque mostraba sin tapujos a un ser humano. Acostumbrados a interpretar tan sólo la superficie de la vida, a tocar levemente su piel, los humanos nos resistimos a profundizar en las personas que nos rodean. Nos duele encontrar debilidades que también padecemos. Cuando preguntamos «¿qué tal estás?», preferimos respuestas como «tirando», porque las explicaciones razonadas y con visos de realidad nos incomodan.

Al terminar la guerra, no fueron las dificultades con el poder las únicas que Félix hubo de afrontar, pues hacía tiempo que se había quedado solo. En los albores del enfrentamiento civil, cuando los más exaltados de sus compañeros de trabajo se posicionaron claramente en contra del clero y reivindicaron la quema de todas las iglesias, él se atrevió a opinar de forma distinta. No gritó ni se levantó a expresar su opinión como si fuera una arenga. Simplemente dijo en voz alta que le parecía innecesario matar por las creencias. Con un hilo de voz, silenció a quienes

77

creían tener más razón que nadie, aunque lo miraban como si acabase de anunciar la inminencia del fin del mundo. No fue un gesto heroico por su parte, no lo acompañó una banda sonora triunfal, como las que, en el cine, acompañan a los grandes actos humanos. Sólo se dejó guiar por la conciencia y por el convencimiento de que no se podía excluir a un ser humano por sus ideas. Sencillamente.

Le hicieron el vacío, un vacío espantoso. Nadie le hablaba: unos lo consideraban traidor, enemigo de la causa y otros no se atrevían a llevar la contraria a éstos. Seguramente lo denunciaron, porque lo estuvieron siguiendo una temporada. Aunque el asunto no tuvo mayor trascendencia (en el fondo lo consideraban un desgraciado), se le infiltró en el cuerpo el miedo a las represalias. A pesar de todo, una voz en su interior repetía con insistencia: «No hay que juzgar a nadie por sus ideas, en todo caso, por sus actos». Se acostumbró a estar solo en medio de la formación de músicos, a recoger las partituras del suelo cuando alguien, sin querer, tropezaba con su atril. Aprendió a fabricarse las cañas del clarinete, porque a menudo desaparecían de su funda y era difícil comprar más. No era un hombre valiente y decidido, pero se conducía de acuerdo con sus convicciones más de lo que había imaginado.

Después de huir de Barcelona e ir a vivir a la finca Rumbau, fue perdiendo fuerza interior. La llama no llegó a extinguirse, pero el viento soplaba muy fuerte. Le habían arrebatado la música. Habría dado la vida por volver a escuchar una orquesta, una banda, un grupo de cámara, un solista.

Ahora ya no pensaba en marcharse a Francia, para él, el mundo se redujo a unos cuantos libros, unas migajas de pan, un poco de sol y aire nocturno... y algunas conversaciones con un joven en la flor de la vida. Eran encuentros entre dos personas que no tenían nada en común (uno era desesperanza pura, el otro, todo futuro), pero aun así sabían que eran iguales. Félix se alegraba de haber encontrado por fin al amigo que nunca había tenido, alguien que dijera, incluso sin gritar: «No hay que juzgar a nadie por sus ideas, en todo caso, por sus actos».

La música, el dibujo, la pintura, la escritura... Al final todo es un gran bazar de vanidad, decía Félix. Y añadía: «¡Disfruta de lo que hagas en la vida, muchacho! No te subas a ningún pedestal, porque, si lo haces, algún día habrá alguien que quiera tirarte abajo. Sé siempre tú mismo llanamente, dibuja lo que quieras, pinta lo que creas que debes pintar, y, si con ello te ganas un poco de pan, celébralo. Goza con cada uno de tus dibujos y con los de los demás. Nútrete también de lo que hagan los demás, no te dejes llevar por el afán de criticar». La conversación se interrumpió cuando Josep lo llamó de vuelta al trabajo. El etnógrafo no las tenía todas consigo, el muchacho se le escapaba de las manos, se lo tragaba la casa como si las paredes estuvieran hambrientas. ¿Dónde se metía? Ramón tuvo que dar por zanjada la reconfortante conversación, pero antes de irse hizo una pregunta más a Félix.

–¿Por qué no intentas marcharte?

Éste, sin aspavientos, le contestó:

79

–Porque ya no me queda tiempo. Lo sé porque Roser me ha hecho el regalo de tu compañía.

* * *

Aquella tarde, sentados en la plazoleta de la Miel, mientras Josep repasaba la última libreta de apuntes y actualizaba la lista de precios de los objetos comprados desde su llegada, Ramón lo observaba. Ya casi se había acostumbrado a las crudas regañinas del etnógrafo, cuando le exigía exactitud y no arrebatos de creatividad o, enfadado, le prohibía dibujar por iniciativa propia algún motivo del paisaje, porque, decía él, se distraía del trabajo. De la manera más natural, sin el menor esfuerzo, el muchacho había comprendido que el mal carácter de su jefe era un poco impuesto, una coraza protectora.

Cuando lo miraba, veía a un hombre maduro y obsesivo, que nunca se acordaba de limpiarse los cristales de las gafas, con una mata de pelo tan obstinada como la cabeza que lo sustentaba. Parecía un poseso. ¿Qué sentido tenía recoger tradiciones y leyendas, acumular toda clase de cacharros que ilustrasen el estilo de vida en los Pirineos? ¿Qué provecho sacaría a ese saber una generación que no tenía ni qué llevarse a la boca? En un país devastado, dependiente de la cartilla de racionamiento y del miedo, en el que no se puede comprar ni un par de zapatos dignos de tal nombre, ¿a quién le importaba que los muertos fueran descalzos a la tumba?

–¿Qué maquinas, chico? –preguntó Josep levantando momentáneamente la mirada de los papeles.

–¿Qué conseguirás con todo esto? Quiero decir... ¿te lo pagan bien? ¿Te ascenderán algún día en el museo?

El etnógrafo frunció el ceño. Mala señal. A lo mejor había metido el dedo en la llaga con esas preguntas. Pero no fue así. No era la primera vez que alguien se preguntaba qué hacía un hombre de su edad vagando por esos mundos de Dios, siempre de un lado a otro con legajos de palabras atados, libretas rebosantes de letras diminutas, mulas cargadas para ir al transportista y una expresión de enfado perenne con la humanidad.

–El dinero no me interesa. Habría podido ser sastre toda mi vida y haber terminado trabajando en algún buen establecimiento de Barcelona. Se me daba muy bien coser.

Josep guardó en el bolsillo los papeles doblados.

–Pero preferí el saber a las posesiones materiales, y eso se paga. Nunca me darán un despacho, ni ganaré un buen sueldo, ni compartiré la mesa con las autoridades de turno, ni saldré en los periódicos, ni daré conferencias bien pagadas en la universidad, ni me otorgarán ningún premio... Pero nunca podrán quitarme la pasión por el trabajo, por aprender, por ir siempre un poco más allá, ni la alegría que me invade cuando me ofrecen un garrotillo de engavillar, estañado y muy labrado, o si un pastor me regala un reclamo de caza, que no es más que un hueso de cereza agujereado. Tengo la ilusión de llegar a descubrir quién soy sólo por haberme aproximado a lo que decían y hacían los que existieron antes que yo... Ya ves, ¡menuda quimera!

La tarde discurría por el cielo mientras el etnógrafo y el dibujante debatían sobre la utilidad de la pasión en un mundo que sólo piensa en el dinero. Josep puso punto final a la charla.

–No es la montaña lo que me interesa, sino el camino que me lleva a ella, aunque no llegue nunca al último confín.

La tarde no se había diluido del todo, todavía quedaba algo de claridad, la suficiente para que el alcalde Bricall se atreviera a ir a la finca Rumbau con una mala «noticia».

10

—Lo lamento, Roser, pero es mejor saber las cosas, por dolorosas que sean, que quedarse toda la vida con la duda.

Eudald Bricall parecía compungido de verdad, pero no dejaba de escudriñar inquisitivamente la cara de la dueña de la finca Rumbau. Ella no levantó la mirada, estrategia que había adoptado instintivamente tan pronto como el alcalde le hubo revelado el motivo de su visita.

Por lo visto, había recibido una carta oficial en la que se informaba del hallazgo del cadáver de su hermano Félix en un paraje de los alrededores de Lérida. En unas obras de construcción se habían descubierto varios cadáveres enterrados desde hacía tiempo —«víctimas, probablemente, de una represalia de los rojos durante la guerra», añadió Bricall— y uno de ellos había sido identificado como el de Félix Vilà Rodón. No podía ser otro, llevaba incluso el antiguo carnet del sindicato de músicos.

83

La descripción física tampoco dejaba lugar a dudas (altura, restos de pelo, complexión...), y así lo corroboraron antiguos compañeros de trabajo.

–No vamos a poder recuperar sus restos. Las autoridades de la provincia no están para pagar el entierro de gente como...

Se detuvo, iba a decir «como tu hermano».

–...pero seguro que les han dado digna sepultura, con que respira tranquila. Creo que es mejor así. Los rumores de un hermano rojo escondido por ahí no te beneficiaban en absoluto. Lo sabes perfectamente.

Roser sólo quería que se marchase. Le habría gustado gritar y moler a patadas a ese monstruo retorcido que no vacilaba en acosarla sistemática y alevosamente. ¿Qué no estaría dispuesto a hacer?

–Te has quedado sola, ya es hora de que te lo plantees en serio. Esto es demasiado para una mujer y a ti te queda mucha vida por delante. A lo mejor te vuelves a casar, no tienes por qué renunciar a la vida. Hay demanda de mujeres que sepan llevar una casa. Yo que tú, seguiría estos consejos y vendería las tierras y la casa.

Roser rechinó los dientes. Bricall hizo su gesto característico de tocarse el bigotito y mojarse los labios con la lengua.

–Fíjate cómo está la casa... Si no puedes invertir dinero en ella, al final se te caerá encima. Te mereces empezar de cero en otro lugar. Y más ahora, que tu hermano ha... muerto.

Se levantó de la silla, murmuró un «lo siento» poco convincente y empezó a pasearse por la cocina fijándose en todo desaprobadoramente. Pasó el dedo por el alféizar de la ventana y contempló el polvo que se le había pegado. Roser se puso roja de rabia.

–¿Y el tejado? Al acercarme he visto que se encuentra en muy mal estado, Roser. Si quieres subo a echar un vistazo, a ver si se puede hacer un apaño antes de que se te caiga encima. Mejor dicho, antes de que se os caiga encima… porque ahora tienes huéspedes.

Salió de la cocina y fue hacia el pasillo, dispuesto a subir las escaleras. Roser salió escopeteada detrás de él.

–No, no, Eudald. Ahora no. Tengo mucho trabajo. Ya me ocuparé del tejado en otro momento.

–Nada, mujer, no tardo nada. Puedo mandarte a un par de mozos a que hagan un par de arreglos. Ya sabes que siempre quiero lo mejor para ti.

–¡No, Eudald! Por favor, ¡no subas! Ya mandaré yo a alguien a mirarlo todo, ¡pero ahora no!

Lo dijo con tanta vehemencia que el alcalde, un poco molesto, se detuvo y hasta se le torció el bigote. Ese bigote era como una antena que captaba cualquier vibración, un sensor de gran calidad que acusaba la menor señal que pudiera darle información valiosa. Clavó la mirada en la mujer y ella se deshizo en explicaciones, precisamente lo que no se debe hacer cuando nadie las pide.

–Perdona, tengo que hacer la cena, es muy mal momento para que subas. Ya me había dado cuenta de lo del tejado, pero, descuida, que me encargaré de arreglarlo. No es que me sobre el dinero, pero me apañaré como pueda. De verdad. Lo que me acabas de contar me ha afectado mucho. ¡Por favor!

Bricall no la interrumpió, dejó que hablara más de la cuenta y, con cada excusa que ella añadía, más se convencía él de que allí había gato encerrado. Por eso, poco antes de dar por terminada la visita, metió el dedo en la llaga un poco más.

–Mira, Roser, tengo mucha confianza en ti y voy a contarte una cosa, pero, sobre todo, no se lo digas a nadie más, porque me pondrías en un compromiso...

Se le oscureció la mirada.

–Como ya sabes, el gobernador civil es muy amigo mío, y me ha facilitado una información confidencial que cambiará la vida de este pueblo. Se trata de una nueva carretera... Estamos trabajando en los planes urbanísticos y decidiendo el trazado. No es decisión fácil, porque afectará a algunos propietarios.

Ella se sentía como un cordero bajo la sombra de un águila, que sabe que no puede hacer nada para zafarse de sus garras.

–Yo no quiero que pase por aquí, Roser; mis planes son distintos, pero el gobernador tiene su propio criterio y, si se impone, habrá que recurrir a la expropiación, pero ya sabes lo mal que se pagan las expropiaciones. Si me vendes las tierras, no tendrás de qué preocuparte. ¡Y eso que salgo yo perdiendo!

Las garras la alzaron momentáneamente, después volvieron a depositarla en el suelo. Bricall sabía dosificar la malicia para conseguir sus objetivos. Roser estuvo a punto de preguntarle por qué estaba dispuesto a adquirir unas tierras que podían ser expropiadas a bajo precio. Pero ya sabía la respuesta: si las tierras terminaban en manos de Bricall, la carretera jamás pasaría por allí.

–Bueno, Roser, piénsalo. Consúltalo con la almohada. ¡Ah, y reitero que lamento lo de tu hermano! Cuenta conmigo para lo que necesites.

Dio media vuelta y, cuando estaba a punto de salir de la casa, sacó un papel del bolsillo.

–Te dejo el programa de la fiesta mayor. Comprendo que no estés para bailes, pero te sentará bien un poco de distracción, a pesar del luto…. Tienes que animarte.

Se quedó mirándolo desde el soportal mientras él se alejaba por el camino. La casa siempre había sido de la familia de su marido, había acogido nacimientos, bodas y muertes, había soportado fuertes nevadas y ventiscas que querían arrancarle el tejado. Cierto es que no se trataba de un edificio extraordinario y que era necesario invertir dinero para devolverle la categoría que había tenido en otros tiempos. Sin embargo, a pesar de los desconchones de las paredes, de las ventanas que cerraban mal y de la ruinosa cocina, continuaba siendo el hogar de los recuerdos de los antepasados.

Cuando entró en la casa se llevó un buen susto. Félix había bajado y tenía en las manos el programa de la fiesta mayor. Parecía agotado, pero aún encontró fuerzas para sonreír.

–¡Música! ¡Una banda de música –dijo.

11

Tiempo atrás, la casita de la miel había sido para Roser un lugar muy entrañable. Poco después de casarse, su marido le contagió la pasión por la apicultura, pero, al morir él, se vio obligada a dejarla porque no daba abasto para atenderlo todo: las tierras exigen mucho tiempo y dedicación. Ahora, la casita servía de cobertizo para guardar algunas reservas de miel y para que los braceros –las pocas veces que podía contratarlos– dejasen allí los trastos y aperos de labranza.

No tenía miedo a las abejas y a menudo se adentraba en el bosque sólo por recoger un poco de miel. Conocía los alrededores perfectamente y sabía cuándo podía acercarse a una colmena, cómo tenía que manipularla y si las abejas estaban agresivas o la dejarían sacar miel sin oponer mucha resistencia. Por ejemplo, durante el proceso de mielificación están tranquilas y bien alimentadas, pero si tienen la despensa vacía y alguien quiere saquear sus provisiones, recurren a toda la artillería de aguijones.

Roser se acercaba a las colmenas muy respetuosamente, con una sabiduría innata. Tenía la impresión de robarles la cosecha de miel, por eso, en cumplimiento de un rito que consideraba necesario, les pedía permiso: se lo pedía con palabras y no se avergonzaba de reconocerlo.

–¿De verdad les pide permiso? ¿No me estás tomando el pelo? –Celia lo miraba con incredulidad.

–Te lo cuento como me lo ha contado ella. Ha comprobado que así la pican menos –respondió Ramón.

Estaban a solas. Aquella tarde, Josep había mandado a su ayudante a la casita a dibujar algunas herramientas, además de la casita en sí, que era una curiosa construcción levantada en un lugar abrigado del bosque, donde tantas veces se había refugiado la chiquillería de varias generaciones de la familia Rumbau para vivir aventuras que los mayores no entendían.

Celia se había presentado en la masía con la excusa de llevar el programa de la fiesta mayor y Roser la había mandado a donde estaba el muchacho.

Durante los años de la guerra, la miel almacenada en la casita había contribuido a aliviar el hambre. ¿Cómo no iba a pedir permiso a las abejas si precisamente ellas les habían ayudado a endulzar un poquito la amargura de una época de tanto sufrimiento?

Mientras perfilaba el mango de una azada, Ramón observaba de reojo a Celia, la cual iba repasando con el dedo, como contándolos, los pocillos de barro que guardaban la miel.

–Hay cosas muy curiosas en las leyendas que recoge Josep –dijo.

Ella lo miró e hizo un gesto como diciendo: «¿Ah, sí?»

Fue su oportunidad para seducirla contándole una historia. Aunque no tenía experiencia en esas cosas, pues era más observador que locuaz, empezaba a encontrar un sentido oculto a los ritos antiguos que con tanta dedicación recogía el etnógrafo. Las creencias y las costumbres transmitidas de generación en generación eran una forma de sobreponerse al miedo, a la incertidumbre que produce la gran pregunta: «¿Qué hacemos en este mundo?».

El rito que le había contado Josep se refería al duelo y a las estrategias que ha ideado la humanidad para aliviar el dolor de la muerte. En sus anteriores campañas, el etnógrafo había recopilado información sobre lo que hacemos los humanos cuando muere un ser querido (la preparación del cadáver, el velatorio, la ceremonia de despedida, el entierro, el ágape de difuntos...), pero, de entre todas las variantes, había una cuya fuerza poética lo había impresionado más.

Era un rito sencillo, que tal vez hiciese reír a los de capital. «¡Ignorantes!», pensaba el etnógrafo. Él lo veía como una expresión de la fusión del hombre con la naturaleza que contribuía a soportar la pérdida, porque, como decía siempre: «todo pasa, todo fluye. No hace falta preocuparse tanto». En la aventura de la vida, todos los seres (humanos, animales, árboles, plantas...) pasamos tan sólo cinco minutos. «¡Y ya hemos consumido dos!», añadía con sorna.

–Pero ¡cuéntalo ya, hombre! –lo instó Celia, impaciente con tanto prolegómeno.

Ramón le contó la costumbre que se observaba en muchos pueblos de los Pirineos en relación con el duelo, los animales domésticos y los rebaños. Cuando moría un arriero, ponían de luto a los animales que habían compartido la vida con él y, así, durante un año, sus mulas lucían, colgadas en la frente, unas borlas negras de seda. Si moría el dueño de un rebaño, quitaban el badajo a las esquilas para que no sonasen.

–¿Y ya está? –dijo la chica.

No, no estaba. A continuación le contó la costumbre que más le gustaba a él: el rito de las abejas. Cuando moría el dueño o la dueña de unas colmenas, sus familiares más allegados tenían que comunicárselo a las abejas, porque se las consideraba parte de la familia. Daban golpes suaves en las colmenas para despertarlas y les contaban lo sucedido en voz baja. Después les pedían que, durante el primer año de luto –cuando mayores son el abatimiento y la tristeza de los que se quedan–, se encargaran de producir más cera para fabricar velas, porque de esa forma podrían mantener una llama encendida en la tumba del ser querido durante mucho tiempo: una llama eterna.

Cuando Ramón terminó de hablar, se hizo el silencio entre ambos, una quietud extraña, que vino a romper el zumbido de una abeja. No habrían sabido decir si estaban tan inmóviles para evitar que los picase o porque acababa de abrirse una puerta entre ambos que superaba definitivamente todas las barreras. El mundo desapareció alrededor de la casita de la miel.

Fue Celia quien dio el primer paso: abrió una escudilla de miel, cogió una cuchara de boj, la untó y acercó el líquido chorreante a la boca de Ramón. Se miraron, sabían perfectamente lo que se decían con los ojos. Después, fue él quien le dio miel a ella, como si también fuese un rito. El primer beso y las caricias que lo siguieron fueron aún más dulces y se les grabaron a ambos en la memoria para siempre, como provisión de felicidad a la que acudirían en tiempos de escasez afectiva.

* * *

Celia se había arreglado el pelo, pero en balde. Su melena poseía personalidad propia y no se dejaba domar. Se le había colado una brizna de hierba en la espesura y no quería salir, a pesar del afán de los dedos por expulsarla. Así se puso Ramón a dibujarla: una muchacha haciendo un gesto cotidiano, pero con un brillo en los ojos que revelaba cosas que nadie se atrevería a decir en voz alta.

—Pero ¿qué haces, chiquillo?

La voz de Josep los sobresaltó. El etnógrafo acababa de entrar en la casita y, a juzgar por su expresión, cualquiera habría dicho que había nacido atravesado porque tenía un carácter pésimo.

—¡Aquí se cobra por trabajar, no por dibujar a quien te dé la gana! ¡Vamos, que hay que ir a recoger material y no quiero cargar yo solo con todo el trabajo!

Celia se levantó como movida por un resorte, saludó brevemente a Josep y salió corriendo de la casita. Más colorado que un borrachín a pleno sol, Ramón tardó un par de segundos en decidir si se callaba o daba rienda suelta a la cólera que le hervía. A pesar de la timidez, no lo dudó.

—¿Por qué me riñes siempre? ¿Crees que puedes tratarme así delante de la gente? ¿Acaso no he hecho centenares de dibujos desde que estamos aquí? ¿Te parece que no trabajo suficiente?

El etnógrafo no esperaba semejante reacción. Hasta entonces, el muchacho había aguantado bien sus salidas de tono, su carácter arisco y terco, que tantas dificultades le había supuesto en el trabajo y en la vida familiar. Pero no quería ceder.

—¡Recoge tus cosas y vamos al pueblo!

—¡Yo nunca pido nada! ¡Pero ahora quiero terminar este dibujo! ¡Tengo derecho!

A Josep se lo llevaban los demonios cuando salió de la caseta y echó a andar. «Me seguirá. ¡Ya lo creo que me seguirá! Dentro de dos segundos doy media vuelta y me lo encuentro andando detrás de mí, como un corderito», se decía.

Y, en efecto, Ramón también se puso en marcha. Cuando el etnógrafo, andando a paso ligero, miró atrás, vio que Ramón había recogido los utensilios de dibujo y avanzaba por el camino... en sentido opuesto. Cargado con el zurrón y la carpeta de dibujo, se dirigía a la finca Rumbau.

12

Llegó tranquilizado a la masía. La energía empleada en subir la cuesta a paso ligero lo ayudó a neutralizar la rabia, y, una vez arriba, pensó en deshacer el camino andado e ir al encuentro del etnógrafo para ayudarlo. Los gritos de Roser lo sacaron de dudas.

—¡Está muy mal! ¡Ayúdame! ¡No sé qué hacer!

Félix yacía en medio del suelo de la cocina. Respiraba con dificultad, tenía los labios morados y el rostro azulado. Con manos temblorosas, Roser intentaba aflojarle el cuello de la camisa.

—He subido a llevarle algo de comer y lo he encontrado muy abatido. Lo he ayudado a bajar porque he pensado que estaría mejor en la cocina; me ha dicho que le dolía el pecho y entonces se ha desmayado.

Ramón se quedó paralizado

—¿Qué hago? ¡Nadie sabe que está aquí!

Lo llevaron en brazos a la habitación de la entrada y lo acostaron en la colchoneta en la que dormía Ramón.

–Voy a buscar al médico. Hace ya unos días que está mal y ha aguantado hasta ahora, pero esto debe de ser más grave. Qué tonta soy, tenía que haber tomado la decisión mucho antes.

–Pero ¿puedes confiar en el médico?

–Nos conoce de toda la vida. Tengo que confiar en él, no me queda más remedio.

Parecía que Félix quería decir algo, pero su hermana le acarició la cabeza para calmarlo.

–¡No te preocupes, Félix! ¡Volveré con el doctor! ¡Tranquilo! Todo saldrá bien...

La mujer miró a Ramón con los ojos empañados y le pidió que se quedara con su hermano, porque ella se iba al pueblo y regresaría enseguida con la ayuda necesaria.

–¿No quieres que vaya yo a buscarlo? –dijo Ramón.

–Gracias, Ramón. Será más fácil que se lo cuente yo, por la confianza que nos tenemos ...

Estaba tan atribulada que no se acordó de que en el pueblo ya había empezado la fiesta mayor y que tal vez no fuera tan fácil encontrar al doctor Munté.

–¿Te ayudo a enganchar la mula al carro? Josep me ha enseñado a hacerlo.

–No, no. Voy a pie. Cuanto menos llame la atención, mejor.

Marchó como alma que lleva el diablo, corriendo como nunca, medio ahogada de angustia.

Entre tanto, Félix no recuperaba el color y, a pesar de su aparente serenidad, su mirada delataba un sufrimiento profundo. Pidió agua y, mientras bebía, agarraba con fuerza la mano a Ramón. La suya, huesuda y tensa, estaba fría como el hielo.

–¡No hables! ¡Procura respirar despacio! –le decía.

–No voy a poder hablar mucho más en esta vida.

El dibujante no quiso decirle que se pondría bien y que aún tenía mucho de que hablar; se negó a pronunciar la típica frase condescendiente cuya función es salir del paso quitándole hierro al asunto.

–Ramón...

–Dime, Félix

–Esto se acaba...

–...

–Me gustaría...

Un hilo de sangre caliente le tiñó de rojo la comisura de los labios.

–¿Qué quieres, Félix?

–Música. Quiero oír música por última vez.

–¿La gramola?

–No, no. Música de verdad. La banda de música.

–Pero, Félix...

–¡Ramón, por favor! Es lo único que quiero. No he tenido nunca nada, ni a nadie que me amara... No pido nada más.

Ramón asintió con la cabeza, casi instintivamente, sin pensarlo dos veces. No era momento de derrumbarse, tenía que sacar fuerzas de flaqueza. En su fuero interno se preguntó: «¿Eres consciente de lo que estás a punto de hacer, Ramón? ¿Te has vuelto loco? ¡Roser te va a matar!».

Y de pronto se encontró enganchando la mula al carro, cogiendo a Félix en brazos y acomodándolo atrás. Lo tapó con una manta y tiró con fuerza de las riendas. Pensó un momento en lo que sucedería si, a medio camino, el animal se plantase y decidiera no obedecerlo, pero lo cierto es que la mula parecía dejarse guiar por un instinto que le recomendaba ser dócil en esas circunstancias tan delicadas.

Estaban ya muy cerca de Rocalba cuando los recibieron los acordes de la banda de música. El valle era como una campana de gramófono: el sonido trepaba por las paredes de las montañas. Antes de tapar a Félix con la manta para camuflarlo, el clarinetista hizo un esfuerzo por sonreír, porque había reconocido la pieza que tocaban los músicos. El balanceo correspondía al vals *Sobre las olas*, de Juventino Rosas.

* * *

A veces nos parece que, precisamente cuando hacemos lo que no se espera de nosotros, es cuando de verdad actuamos de forma adecuada. Nos la jugamos, apostamos fuerte, como si el mundo fuera a acabarse mañana. Es como una liberación: el instinto se impone a la acomodaticia razón y nos hacemos más fuertes.

Ramón se estaba acercando a la boca del lobo y con ello ponía en peligro la poca vida que quedaba en el cuerpo del pobre músico desengañado. Ya no podía echarse atrás. Pero si Félix había vivido para la música, ¿quién osaría llevarle la contraria, si también estaba dispuesto a morir por ella?

97

13

Al doctor Gerard Munté no le gustaban las fiestas y por esa razón era uno de los pocos habitantes de Rocalba que aquella noche estaba encerrado en casa, con la cabeza metida entre libros de medicina, tan atestados de minúsculas letras que necesitaba una lupa para poder leerlos. No oyó llamar a la puerta y se sobresaltó cuando su mujer irrumpió en el despacho y le dijo que Roser Vilà preguntaba por él. No era día de consulta y suponía que la fiesta había «curado» a la mayoría de sus parroquianos. Casi nunca tenía clientes en días de fiesta, porque, milagrosamente, todo el mundo se encontraba bien.

–Dile que pase –dijo, mientras guardaba la lupa en el cajón.

Roser Vilà tenía muy mal aspecto y la caminata desde la finca Rumbau no parecía haberla ayudado a calmarse. Había ensayado frases para iniciar la conversación con el médico y convencerlo de que fuera a ayudar a su hermano sin delatarlos, pero, una vez allí, no conseguía articular las palabras adecuadas.

–Siéntate, Roser. Tú dirás –dijo el doctor Munté en un tono de voz neutro, el más adecuado para calmar a pacientes nerviosos.

–Doctor, tengo que pedirle algo muy delicado.

–¡Adelante! Nos conocemos desde siempre, mujer. No te apures.

–Si la situación no fuera tan grave no me habría atrevido a molestarlo. Nunca habría pretendido pedirle... –Roser se bloqueó.

–Habla sin miedo, di lo que tengas que decir.

–Es mi hermano Félix. Está muy grave y necesito que vaya a verlo a la finca, porque me parece que... creo que se está muriendo, doctor.

Entonces fue el médico quien se bloqueó. En el pueblo corrían toda clase de rumores, pero él nunca les daba mucha importancia, en primer lugar porque un médico respetable no debe ser chismoso y, en segundo, porque le habían enseñado que el mejor remedio contra las quemaduras era no jugar con fuego. Oír, ver y callar era la mejor estrategia en tiempos en los que cualquier palabra interpretada malévolamente podía acarrear el fin de la carrera más sólida, y él sentía mucho apego por el dinero, la buena vida y la respetabilidad.

–¿Dices que tu hermano está en la finca? ¿Que los rumores de que no huyó a Francia son ciertos?

–Sí, doctor.

–¿Y quieres que suba a ver qué le ocurre?

–¡Sí! Por favor, doctor, ¡ayúdenos! Hace tiempo que tose mucho, yo pensaba que se le pasaría, ya ha estado fastidiado otras veces y siempre lo ha superado Pero ahora no mejora...

–Pero tu hermano es un fugitivo... Lo buscan desde hace mucho tiempo, por colaboración con el enemigo. ¡No debería haberse escondido! ¡Tarde o temprano los encuentran a todos!

–Doctor, si hace falta se lo pediré de rodillas. ¡Le daré todo lo que tengo! Tiene que salvarlo. ¡Por lo que más quiera!

En la balanza de la justicia del doctor Munté, un platillo pesaba más que otro. Así como no le gustaba el bullicio de las fiestas, tampoco era partidario de arriesgarse por alguien que no pudiera devolverle el favor algún día. Practicaba el *quid pro quo*. Lógicamente, Roser no tenía nada que ofrecerle para compensar el riesgo de ir a la masía a ver qué le ocurría a Félix Vilà.

Intentó hacer comprender a Roser que no podía exponerse tanto y para ello empleó el tono conciliador y distante que utilizan algunos profesionales de la salud, cuando pretenden demostrar que están más allá del bien y del mal.

–No habéis hecho bien las cosas, Roser. No deberías haber ocultado a tu hermano y él no debería haberte expuesto al peligro de esa manera. Si se hubiera entregado a las autoridades en su momento, le habrían llevado a juicio y, quién sabe, igual hoy sería un hombre libre...

–Doctor Munté, se lo ruego por lo que más quiera: ¡no le diré a nadie que ha venido! ¡No tiene que saberlo nadie del pueblo! Será nuestro secreto, y le juro por todo lo que más quiero que nadie de Rocalba sabrá jamás que nos ha ayudado. ¡Se lo juro!

No hubo manera. El doctor se mantuvo firme.

No se lo dijo en voz alta, pero por los síntomas que le había descrito, dedujo que el fugitivo Félix Vilà tenía los días contados. La tos persistente, la sangre, la dificultad para respirar, el dolor en el pecho, el mal color de la piel por causa de la mala oxigenación... «Esa enfermedad maldita... Si ya no puedo hacer nada por él, tampoco merece la pena que me exponga», pensó para acallar la conciencia.

Ella podría haber gritado, insultarlo, coger los libros de encima de la mesa y estamparlos contra la pared, pero no lo hizo. Salió del despacho dando un portazo y no se detuvo ni a mirar la cara de estupefacción de la señora Munté, quien se quedó escandalizada ante tamaña falta de educación.

Cuando Roser salió del despacho, el doctor Munté habría podido retomar la lectura para olvidar el incidente lo antes posible O, mejor aún, concentrarse en el nuevo capítulo de las memorias de Winston Churchill, publicado en el periódico del domingo. Su mujer entró en el despacho.

–¿Qué quería?

–Nada bueno, Amelia. Más vale que no te lo cuente.

–¿Entonces?

El médico cerró el libro, se levantó y se puso la chaqueta. Se quedó mirando por la ventana unos instantes: no había ni un alma en la calle. El viento traía ráfagas de la música lejana. Cuando se disponía a salir de casa, la mujer le dio el maletín.

–No hace falta. Vuelvo enseguida.

* * *

Cuando Roser, desolada, cruzaba la plaza del Trigo, se encontró con Josep, que volvía de la posada. Se lo contó todo: que tenía a su hermano escondido y enfermo, que sufría angustia y miedo por si los descubrían, que Félix y Ramón habían trabado amistad, que su hermano había empeorado y había perdido el conocimiento, que el doctor Munté le había negado ayuda... Abrumado, Josep cayó en la cuenta de que, a pesar de documentarse incansablemente sobre los detalles de lo que él denominaba «cultura material» de la vida de montaña, a pesar de las dotes de observación de las que tanto presumía, los acontecimientos más importantes habían sucedido delante de sus narices y no se había percatado de nada.

–¡Volvamos a casa del médico, Roser! ¡Lo convenceré de que visite a tu hermano! ¡Ya verás!

Estaban a punto de dar media vuelta cuando Roser frenó en seco. Tiró a Josep de la manga de la chaqueta y ambos se escondieron detrás de una columna de los soportales. Oscurecía. La banda tocaba un pasodoble en el que los metales tenían más protagonismo que la madera. En aquel preciso momento, el doctor Munté entraba en el Ayuntamiento de Rocalba.

14

Mucho tiempo atrás, cuando todavía era segundo clarinete de la Banda de Barcelona, Félix Vilà había ejercido de solista en una ocasión. No fue un premio por su dotes de intérprete ni por méritos obtenidos haciendo la pelota a quien correspondiera. Sencillamente, el clarinetista encargado del solo había sufrido un pequeño accidente y el primer candidato a sustituirlo no podía soplar por culpa de las paperas. Casualidades de la vida.

Se trataba de un concierto sin importancia, de una actuación de rutina en una fiesta de barrio en la que, con un poco de suerte, el griterío de la gente terminaría tapando más de un desliz de los instrumentistas y del director. Con todo, él se tomó su papel muy en serio y pasó la noche anterior en vela, repasando la partitura una y otra vez. Para no molestar al vecindario, lo hizo en silencio, sin soplar, sólo pulsando las llaves del instrumento. Prestaba atención especial a los pasajes con más notas, los que parecían un enredo de hormigas en movimiento y debían ser tratados con mucha seriedad, para que no lo traicionasen a mitad de la pieza. No podía recordar si lo había leído en algún sitio o si había sido un sueño, pero le gustaba la reflexión que dice que la vida es una partitura con muchos pasajes difíciles, algunos silencios, momentos de *crescendo* y otros de *diminuendo*, con poco *allegro* y demasiado *lento moderato*, donde, con suerte, aunque casi siempre se toque con *tutti*, alguna vez se llegar a ser solista.

El día del concierto, Félix Vilà tenía la certeza de que sería la única oportunidad de su vida. Delante del espejo, ajustándose la corbata, vio a un hombre nervioso, tímido e inmensamente feliz. Cuando llegó el momento, se levantó de la silla de segundo clarinete, avanzó por la tarima hasta situarse al lado del director, plantó el atril a la altura deseada, desplegó la partitura y comprobó la afinación.

En aquella plaza repleta de gente, donde el olor de aceite de churrería se mezclaba impúdicamente con el de sudor, se oyó un arreglo para banda del *Adagio* del *Concierto de clarinete* de Mozart, a cargo de un solista desconocido de aspecto demasiado tímido para conseguir algo en la vida. Es posible que la soledad que experimentó en medio del gentío y la certeza absoluta de estar viviendo un instante irrepetible ayudase a Félix a aislarse, pero lo cierto es que se entregó en cuerpo y alma a la música. El miedo se esfumó. No le faltó aire, los dedos le obedecieron y se deslizaron por las llaves sin dudar. Al llegar a la última nota de la cadencia, la fundió lentamente, como un lamento, hasta que el director señaló con un gesto el final de la pieza.

Silencio. El público de la plaza se quedó en silencio unos segundos e inmediatamente estalló en una salva ensordecedora de aplausos. Los colegas patearon el suelo en señal de aprobación y el director le dio la mano. ¿Qué más podía pedir?

Félix Vilà pensó que jamás volvería a experimentar una sensación de plenitud tan perfecta.

* * *

Agazapado en el carro, mientras Ramón le agarraba la mano, Félix regresó al delirio de aquel día del Adagio. No encontraba palabras para describir el recuerdo a su joven amigo y deseó que algún día pudiese el muchacho sentir esa misma satisfacción, el placer de adentrarse en una pasión sin desear nada a cambio. «Le quedan muchos años por delante –pensó–. Está al principio del camino y va a buen paso. Llegará al final.»

La banda tocaba una polca muy animada y el barullo de la plaza iba en aumento. Pasada la euforia de los primeros momentos de valentía, la comezón de la culpa por lo que había hecho empezó a mellar en Ramón. Se imaginó los gritos de Roser, cuando se diera cuenta de que se había llevado a su hermano al pueblo.

–¡Félix, tenemos que volver!

–Lo sé... Gracias por haberme complacido. Lo necesitaba.

De repente Ramón oyó que lo llamaban. Era Celia. Tapó a Félix con la manta y bajó del carro. ¿Cómo podía deshacerse de ella? Tenía miedo. Quería evitar a toda costa que descubriera a Félix.

–¡Ramón! ¿Qué haces aquí escondido? ¿Por qué no vienes al baile?

Pálido como un cadáver, no supo qué decir. No podía dejar solo a Félix y no se le ocurría ninguna excusa. La banda dejó de tocar en aquel preciso instante, se había terminado la polca rápida y el presentador anunciaba a voz en grito una mazurca.

Félix volvió a toser. Era una tos seca y cavernosa.

–¿Qué pasa? ¿Quién está ahí atrás?

Ramón no se movió. La muchacha se acercó al carro y vio un bulto de forma muy parecida a la de un hombre. Tiró de la manta y descubrió a Félix.

No gritó. Dejó la manta de nuevo tal y como estaba y se dio cuenta de que Ramón temblaba como una hoja seca sacudida por el viento.

¿Tendría que suplicar a Celia que no se lo dijera a nadie? ¿Podía confiar en ella?

–¡Tenéis que iros enseguida!

Sí, podía confiar en ella.

–Ramón, mi padre no está en la fiesta porque ha ido a dar una batida por el monte. Fue a buscarlo el alcalde a la plaza, acompañado por una pareja de la guardia civil. Le pregunté qué pasaba y me dijo que se iban de caza. –La muchacha tragó saliva y continuó–: No lo entendí, pero luego dijo una cosa que me sorprendió todavía más. Dijo: «Hace tiempo que buscamos a un topo y ahora sabemos dónde tiene la madriguera».

Ramón aprovechó el barullo de la gente con las primeras notas de la mazurca para espolear a la mula y salir del pueblo. Una nueva pasajera se había sumado a la absurda aventura: Celia.

15

Sabían que a la masía no podían ir y no se les ocurrió ningún otro lugar en el que refugiarse. Debían de estar registrándola de arriba abajo y era fácil que ya hubieran encontrado el cubil escondido detrás del armario del desván.

Era el momento que ansiaba Bricall: entrar en esa casa, que tanto deseaba desde hacía mucho tiempo, y empezar a apoderarse de ella. Debió de experimentar una satisfacción rayana en la obscenidad cuando descubrió el escondite de Félix y se puso a tirar por los aires su ropa, sus textos y sus partituras y a despedazar el clarinete a pisotones.

Desde fuera, Roser y Josep sólo podían mirar al suelo y callar, mientras oían el destrozo que estaban haciendo dentro. Llegaron unos segundos después que los de la batida y les extrañó mucho no encontrar a nadie. ¿Era posible que Ramón los hubiera visto llegar y estuviera escondido en la era? ¿Se habrían metido en el cuartucho? ¿Dónde podían estar? Los invadió una sensación de irrealidad, como si todo eso sólo pudiera ser un sueño.

El alcalde no dudó ni un segundo en empezar el registro por el desván. La conversación del día anterior con Roser le había puesto sobre aviso: allí ocurría algo. Encontraron pruebas irrefutables de la presencia de Félix, pero él no estaba allí. Después de registrarlo todo, se dirigieron a Roser. Sudoroso y con el rostro desencajado, Bricall no estaba dispuesto a soportar más dilaciones.

–¡Más vale que nos digas dónde está, Roser! ¡No nos hagas perder la paciencia!

Del interior de la casa llegó un estrépito terrible de loza rota, de cacharros y ollas rebotando contra la pared. Estaban arrasando la cocina. Espelt apareció en el soportal con ropa de Félix y los restos del clarinete destrozado. Lo tiró a los pies de Roser.

–Ahora vas a decirnos que guardas esto para cuando vuelva, ¿verdad? –Al panadero le refulgían los ojos de rabia y excitación.

–No sé dónde está. De verdad, no lo sé...

Entonces, Bricall y Espelt se dirigieron a Josep.

–No nos gusta hacer daño a las mujeres. No somos de ésos. Pero tal vez su amiguito, el investigador... –dijo Bricall sardónicamente– Tal vez su amiguito, el investigador, tenga alguna idea. Parece muy observador...

–¡Por favor! –imploró Roser.

–¿Cree que puede darnos alguna pista, señor Reguant? Nosotros también sabemos conseguir la información que queremos, ¿sabe? Sin libretitas, ni papeles sujetos con gomas... sino con métodos muy eficaces...

No era un tono conciliador, encubría una amenaza física que Roser no podía pasar por alto.

–Me imagino dónde puede estar –dijo Roser con un hilo de voz.

* * *

No sabían dónde ir a esconderse, por eso fueron a la casita de la miel. Ninguno habría podido asegurar con exactitud si fueron ellos quienes tomaron la decisión o si la mula los condujo allí por inercia. La inminencia del inevitable acontecimiento lo invadía todo y, tarde o temprano, cuando vieran que Félix no estaba en la masía, irían a buscarlos.

Ramón se devanaba los sesos buscando una solución, sabía que el tiempo se acababa. Se acababa en todos los sentidos, sobre todo para Félix. Tuvieron que detenerse un par de veces en el camino, y la última, el hombre vomitó un coágulo de sangre negro como el hollín. Tosía sin tregua, se ahogaba: la falta de oxígeno lo arrastraba al delirio.

–¡Ya sólo falta el último zarpazo! ¡No tardará! –dijo.

Lo acostaron en la casita como pudieron. Arrinconaron las herramientas para hacerle sitio en el suelo. Celia le acariciaba la cara, Ramón le cogía la mano.

–¡Me desgarra el pecho! Es la maldita tisis, que me desgarra el pecho...

–¡No hables! Queremos ayudarte –decía Ramón.

El aire huyó de la casita y se quedaron en silencio. A Félix Vilà se le escapaba la vida del cuerpo a sacudidas; el cuerpo se rebelaba, no quería dejarla marchar.

–Los músicos... Tocaban bien...

La voz cada vez era más débil. Ramón se acercó a la cara de Félix y percibió el fuerte olor del cuerpo enfermo.

–Dibújamelos...

* * *

La batida para encontrar al «topo» avanzaba hacia la casita. Obligaron a Roser y a Josep a ir con ellos. Ella se preguntaba por qué los guiaba hasta allí. Podría detenerse, negarse a colaborar, plantarse de una vez por todas. Josep la miró y vio las lágrimas que le resbalaban por la cara. Era una mujer vencida y se avergonzaba de serlo.

La suave brisa de las primeras horas de la noche se convirtió en un viento un poco agresivo que agitaba las copas de los árboles. Producía un sonido agradable, pero un tanto inquietante. Desde el montículo se veían las luces del pueblo de Rocalba y todavía llegaban los sones de la banda. Nada más lejos de la paz que se remansaba en el fondo del valle que la violencia acumulada en ese rincón de las montañas.

* * *

Sacó la libreta del bolsillo y empezó a dibujar. Félix le había contado varias veces cómo era la formación de una banda de música. Podía recordarlo si se esforzaba. Se imaginó al director alzando los brazos, con su atril de madera

111

y la batuta, y los instrumentos de viento madera a su izquierda. Los metales a la derecha y hacia atrás. La percusión, el contrabajo y la tuba al fondo. Garabateó las siluetas e intentó encontrar el gesto característico de los músicos –un balanceo, la inclinación de la cabeza al atacar una nota, la mirada a la partitura y al director, los pies llevando el compás... ¿Algún otro gesto? Félix tenía los ojos cerrados y apenas respiraba. Ya no podía preguntarle.

Estaba dibujando la silueta del contrabajista abrazado a su instrumento, cuando oyó el rumor de un grupo de gente que llegaba por el camino de la casita de la miel.

16

La muerte exige piel, proximidad, compañía. No quiere que le digan: «¡No te vayas!», necesita oír: «Estoy contigo a la hora de partir». Cuando ha empezado el viaje y quien se va ha aceptado que no hay vuelta atrás, lo único que se necesita es el calor del contacto con un ser querido. Si acuden las lágrimas, que lluevan por dentro, porque los ojos deben estar libres para mirar a quien se marcha y conservar el recuerdo.

En esos momentos tan intensos, Celia y Ramón fueron la familia de Félix y le dieron la ternura que tanto necesitaba.

En el último instante, la muerte tuvo la nobleza de llevarse a Félix Vilà unos segundos antes de que se abriese la puerta de la casita y asomasen en el umbral las caras satisfechas de Bricall y Espelt, que encabezaban la batida. Poco les duró la satisfacción, porque no podrían adjudicarse el mérito de haber encontrado y encarcelado a un fugitivo: el «topo» había muerto.

Al panadero se le deformó la cara bruscamente al ver allí a su hija. Mientras Roser se arrodillaba y se aferraba al cuerpo exánime de su hermano, Espelt agarró a Celia por el pelo y la sacó afuera. No podía soportar verla allí, en medio de una escena tan absurda. Le dio un bofetón. Ese estallido de ira contrastó con la fría actitud de Bricall y la pareja de guardiaciviles. Josep se sentó en un tronco, con la cabeza entre las manos.

–Tranquilo, Espelt. No hay que perder los estribos. Nadie se enterará de que tu hija estaba aquí –dijo Bricall.

El panadero creyó percibir un matiz amenazador en las palabras del alcalde. ¡Desde luego que no se enteraría nadie! Tal vez no hubiese sabido dominar a su hija convenientemente, pensó Espelt, pero no sería el estirado del alcalde quien le diera lecciones a él. Celia se había quedado agachada al lado de la puerta, con los ojos llenos de miedo. Nunca había visto morir a nadie; la puerta del mundo se había abierto con tanta violencia ante sus ojos que ni siquiera notaba el ardor de la mejilla. Ramón seguía en el interior de la caseta, era un actor secundario de un espectáculo que empezaba a ser macabro.

–En fin, Roser... –dijo Bricall, tomando el mando de la situación–. Si hubieseis hecho bien las cosas desde el principio, no habría sido necesario llegar a esto.

Roser se agitó. No podía soportar la insidiosa voz de ese hombre. El alcalde quiso tocar a Félix.

–Está muerto, ¿verdad? ¡No vaya a ser que todavía eche a correr cuando menos lo esperemos! No sería el primero que se hace el muerto.

Roser le apartó la mano enérgicamente.

–¡Déjalo! ¡No te atrevas a tocarlo! ¿Me oyes? ¡No te acerques!

–Roser, comprendo que es un mal momento, pero ¡me parece que no hace falta perder la compostura!

–¡Sal de aquí, repugnante hijo de mala madre! ¡Lárgate!

Bricall perdió de golpe toda su aparente calma y un calambre eléctrico le torció la boca. Hizo una seña a los guardias y éstos separaron a Roser del cadáver de su hermano, pero la mujer gritaba y daba patadas.

–Llevadla al pueblo, pero con discreción. No hace falta aguar la fiesta a todo el mundo –dijo Bricall.

–Por favor, señor alcalde, ¡déjela velar a su hermano! Está muy afectada, seguro que no quería decir lo que ha dicho –dijo Josep en tono conciliador, puesto en pie.

–Verá, señor Reguant, lo lamento mucho, pero, como alcalde de Rocalba, no puedo tolerar los insultos. Mal irían las cosas si permitiésemos que la gente nos escupiese sin más ni más. Todos hemos sufrido mucho, señor Reguant, ¡y no hemos reaccionado de esa manera!

Los guardias se la llevaron por el camino. Roser parecía mucho más vieja: de pronto se le echaron encima como lobos hambrientos todos los años de su vida. Era una mujer derrotada que tropezaba con las piedras, una perdedora que había querido proteger a su hermano, alejarlo del peligro... y en ese momento se dio cuenta de que habría sido mucho mejor que se hubiera arriesgado a huir desde el primer momento, para no terminar de esa manera.

–¿Qué hacemos con éste? –Espelt tocó a Félix con la punta del pie y lo sacudió un poco.

–Éste ya no puede ir a ninguna parte –dijo Bricall–, y creo que es mejor que no se entere todo el pueblo.

–¿Por qué? –dijo Espelt, que no acababa de entenderlo–. Hemos pillado a un fugitivo, ¿no? Es un rojo muerto, pero rojo de todos modos... Todavía nos darán una medalla.

–Si estuviese vivo, puede que sacáramos algún provecho, pero, muerto, me parece que lo que único que vamos a conseguir es...

Obligó a Ramón a salir de la casita para poder hablar. El muchacho fue a sentarse al lado de Josep. Celia no se atrevía a acercarse.

–Josep, yo sólo quería ayudarlo. Él quería oír la música, me lo pidió de una manera, que no se lo pude negar. Lo siento, no tenía que haberlo traído hasta aquí.

–Ahora no digas nada.

Espelt y Bricall tomaron una decisión. El panadero levantó a su hija y la empujó para que echase a andar en dirección al pueblo. La muchacha iba a decirle algo, pero su padre le dio un empujón más fuerte todavía. Josep contuvo a Ramón, que estaba dispuesto a defenderla. Mientras cerraba la puerta de la casita, Bricall se dirigió a Josep.

–Volved a la masía, aquí ya no tenéis nada que hacer.

–¿Y Roser? ¡Suéltela, por favor! Si ha actuado de esa manera es por el dolor que siente –Ramón nunca había visto a Josep implorando de esa forma.

–Comprenda usted que el desacato a la autoridad no se puede consentir, pero la dejaremos volver a casa en cuanto se tranquilice.

–¿Y Félix? ¡No podemos dejarlo así!

–Claro que sí. Éste se queda ahí –dijo Bricall.

–Podemos llevárnoslo a la masía en el carro. Le hacemos el velatorio y mañana cumplimentamos los trámites del entierro.

Bricall se quedó mirando el suelo unos momentos. Dio una patada a una piedra y encendió un cigarrillo. No fue fácil, el viento apagó dos veces la llama del mechero.

–El cadáver se queda aquí y vosotros volvéis a la masía. No habrá entierro. El pueblo no debe saber nada de todo esto.

–Pero, ¿por qué? –Josep no lo entendía.

La mirada de Bricall era fría como el hielo y sus palabras destilaban un ácido de venganza alimentada durante años.

–Que yo sepa, Félix Vilà está en Francia, ¿no? Huyó después de la guerra y no se lo ha vuelto a ver.

Hizo una pausa y dio una calada al cigarrillo.

–¡Ah, no, un momento! Dicen que ha muerto, que murió en la huida y, naturalmente, si ya está muerto y enterrado, no hace falta enterrarlo de nuevo, ¿verdad? Sería una pérdida de tiempo, una «malversación de recursos», como se dice en las altas instancias.

Ramón y Josep se miraron estupefactos.

–Y tengo un argumento más, señor Reguant, uno que usted, como investigador, no podrá rebatir. Tanto como ha viajado por estas montañas, seguro que nunca ha oído hablar de que se entierre a los perros, ¿verdad que no? Los perros no pintan nada en el cementerio; como mucho, los entierran en el bosque. ¿Acaso ha visto usted alguna vez una lápida con el nombre de un perro?

A Ramón se le subía la rabia a la garganta como una brasa ardiente; Josep optó por el silencio. No hay palabras razonables que puedan convencer a una fiera rabiosa ni se puede enseñar compasión a un ser entrenado para la brutalidad.

–Mañana mando a un par de hombres para que hagan un agujero aquí mismo, no hace falta calentarse mucho la cabeza. –Bricall se sacó de la boca una brizna de tabaco–. Y ahora, con su permiso, vuelvo a la fiesta.

El viento abrió un estrecho claro entre las nubes, por donde asomó un recorte de luna, pero el etnógrafo y el dibujante no se dieron cuenta.

17

Muchos años antes, cuando Josep empezó a interesarse por las formas de vida ancestrales de la humanidad, por los ritos y tradiciones que acompañaban todas las etapas de la vida y la hacían más soportable, descubrió un libro que hablaba de la muerte. Lo firmaba un profesor alemán, a quien tuvo la fortuna de conocer más tarde. Una de las ideas que lo cautivaron desde las primeras páginas fue la del lazo indestructible que se establecía entre los vivos y los muertos, que se expresaba de formas distintas a lo largo de los siglos.

La desaparición de un ser querido no corta el vínculo de raíz: la ceremonia de la despedida, el entierro, la tumba, que el lugar al que se puede acudir para expresar el dolor, el cortejo de congéneres en el duelo... todo forma parte de una sabiduría antigua que contribuye a sobrellevar el dolor. Naturalmente, la evolución cultural ha introducido cambios en los hábitos e incluso en la convivencia con la muerte propios del siglo XV; por ejemplo, se ha erradicado ya la costumbre de exponer los despojos en mal estado de un difunto de manera humillante. Aun así, en todas las culturas del mundo siempre se hallan presentes la necesidad de investir de dignidad a la muerte y la de iniciar un duelo que permita asimilar la pérdida y contribuya a la creación de un recuerdo amoroso.

Y así, a medida que profundizaba en el conocimiento de una cuestión de la que, en general, se evitaba hablar, descubrió respuestas a algunos interrogantes. El autor alemán se refería a una tumba micénica descubierta en Grecia, en la que se había hallado el esqueleto de un niño junto con unos juguetes, figuras de divinidades protectoras y una efigie de una mujer (probablemente, su madre). Efectivamente, es posible que lo enterrasen de esa forma porque creían que así protegían al pequeño en el camino del Hades. Sin embargo, había que matizar un detalle: los objetos de la tumba eran un consuelo para la madre, porque la idea de que el hijo tuviera consigo las cosas que más le gustaban podía proporcionarle algún alivio espiritual. La madre velaba el sueño eterno del pequeño. Así es como la vida procura echar en el más allá una raíz, por pequeña que sea.

Hasta el siglo XIX, la muerte estaba muy presente en la vida cotidiana: se enterraba a los muertos al lado de las parroquias y de ese modo siempre contaban con la protección del eco de las oraciones de los vivos. Sin embargo, a finales de ese mismo siglo, debido al aumento de la población y a las necesidades higiénicas, se construyeron cementerios en las afueras de las ciudades. Al principio no fueron bien recibidos, porque alejaban demasiado a los muertos de los vivos. Todavía se recuerda el caso de un cementerio parisino en el que no hubo actividad de ninguna clase hasta que las autoridades decidieron trasladar allí los restos de algunos hombres famosos, como La Fontaine y Molière. Hicieron mucha publicidad de los traslados y, finalmente, la fama de tan ilustres «residentes» promovió el aumento de las inhumaciones, porque todo el mundo quería tenerlos por vecinos de sepultura. «Queremos alternar con los famosos hasta cuando no somos más que un esqueleto mondo y lirondo», reflexionó Josep.

En otro capítulo, el autor trataba el castigo *post mortem*, una deshonra reservada en la Edad Media a los criminales y a los traidores a su tierra. Era una forma de despojar de dignidad a un ser humano incluso después de la muerte, de prohibir la ceremonia de la despedida, de borrar su cadáver y aniquilar su recuerdo. Todos tenemos la necesidad de pensar que sobreviviremos al menos en el recuerdo y, por otra parte, quienes nos lloren precisan de una referencia física sobre la que verter su dolor. Castigar a alguien a no tener tumba inflige también un castigo a los que se quedan, porque los deja sin referencias del camino de duelo que es preciso recorrer para rehacer la vida. Enterrar a una persona en un lugar desconocido y sin nombre es como mandarlo permanentemente al exilio de los humanos, pues nunca hay flores en una tumba que no existe.

121

De vuelta a la masía, Josep meditaba sobre esos asuntos; lo acompañaba Ramón, que iba hundido y totalmente entregado al silencio. La guerra civil había revivido costumbres bárbaras, una rabia que araña sin mirar qué ni a quién; y todavía entonces, nueve años después del final de la contienda, seguían los castigos y la sed de venganza no se saciaba. ¿Cuántos cadáveres habría enterrados en esos campos del Señor? ¿Cuántas ejecuciones se habrían ocultado enterrando a los muertos de cualquier manera, al lado de la carretera, en medio de un bosque o junto al muro de un cementerio? ¿Cuántos padres y madres, por desconocer el lugar en el que reposaban sus hijos, no podrían iniciar el camino de la serenidad? ¿Cuántas viudas no podrían sentarse jamás junto a la tumba de su marido a hablar con él, a recordarlo y a añorarlo?

* * *

Lo habían reducido todo a esquirlas, incluso se habían entretenido en romper las láminas que guardaba Ramón en su carpeta de dibujo. Habían destrozado las libretas de apuntes, salvo la que llevaba él en ese momento. Se habían ensañado particularmente con algunos de los objetos que Josep había adquirido. La cocina de Roser parecía un campo de batalla, no quedaba un plato sano.

–Tenemos que volver a Barcelona. Recoge lo que puedas –dijo Josep.

Parecía que un plato de la vajilla de duelo, que con tanto esmero había embalado Josep, estaba entero todavía, pero no era así. Cuando lo cogió, se le quebró por la mitad.

De la lámina de Celia no quedaba ni rastro. Ramón se imaginó a Espelt echando el dibujo al fuego y contemplando cómo ardía y desaparecía para siempre.

–El salvoconducto del museo tiene un límite. No nos lo podemos quedar para siempre y ahora corremos peligro. Puedo llamar al director por teléfono, a ver si puede hacer algo por Roser, pero, de todas maneras... –No terminó la frase porque se quedó sin nada que añadir.

Mientras Ramón recogía lo que quedaba del clarinete, empezaron a aflorar en forma de ira incontenible los sentimientos que guardaba en el fondo del alma. Le ardía la garganta.

–¿Y ya está? ¿Nos vamos del pueblo y se acabó el problema? ¿Eso es lo que haces siempre?

–Tranquilízate, Ramón. Ya sé que estás...

–¡Tú no sabes nada! Te imaginas que sabes algo, pero no sabes nada de nada. Observas, anotas, compras objetos, te haces el entendido en todo... pero ¡no te importa la gente! Para ti no son más que animalillos para observar, pero no arriesgas tu bonita vida de investigador por nadie!

Ramón estalló en lágrimas ante Josep, que estaba completamente abatido. ¡Hacía tantos años que sólo miraba hacia dentro...! ¿Cómo habría podido seguir adelante, si no, después del encarnizamiento con el que lo habían herido? ¿Cómo, si no, habría podido soportarlo? Había hecho *tabula rasa*, había empezado de nuevo y se había entregado al estudio como si fuera un escudo protector. Lo sabía muy bien, pues lo había hecho conscientemente. Si no podía con su propia desgracia, ¿cómo iba a poder con la de los demás?

–Lo único que cuenta es el trabajo, ¿no? Sólo te interesan los objetos que puedas comprar. ¿Y Félix, qué? ¿Que se pudra donde está? ¿Y Roser? ¿Es que no piensas hacer nada por ella? No, claro, no vas a arriesgar tu trabajo por tan poca cosa, sería un detalle demasiado noble.

–¡Ramón, tranquilízate! Lo único que...

–¡Déjame! ¡No te aguanto!

El muchacho se fue escaleras arriba. La puerta del desván estaba abierta de par en par. Se escondió en el cubículo del armario. Josep subió tras él y se sentó a recuperar el aliento en la banqueta del pino.

–Me parece que tienes razón. Hace tanto tiempo que me escondo que ya no puedo más.

La puerta del armario se abrió con un chirrido. En ese momento no importaba que se hubiera abierto sola o que la hubiese empujado Ramón. El etnógrafo se enjugó la frente y prosiguió:

–Ella, mi mujer, siempre me decía que trabajaba demasiado, que le hacía poco caso. ¡Qué paciencia tenía! El día del bombardeo fuimos a dormir temprano, porque ella no se encontraba bien. Le faltaba un mes para salir de cuentas. Yo no podía dormirme y, a eso de las doce, me levanté. Sabía que mi mujer se enfadaría si me ponía a leer, conque me fui al comedor.

Silencio.

–No sé por qué no sonaron las sirenas. La primera explosión me arrancó las gafas de la cara. Me levanté para ir a buscar a mi mujer y marchar al refugio y, entonces, se oyó la segunda explosión: un rugido tenebroso y brutal.

El edificio se estremeció. Al abrir la puerta del pasillo para ir al dormitorio, vi la luna.

Josep se detuvo a tomar aliento.

–La luna estaba en el pasillo. La luna y una nube de polvo. Se había derrumbado toda la parte trasera del edificio, donde estaban los dormitorios, donde dormía todo el mundo en esos momentos. Abajo, entre los cascotes, no gritaba nadie. Murieron todos los vecinos, sólo quedé yo.

Ramón salió del escondite en el que había vivido Félix tanto tiempo.

–Cuando pude enterrar a mi mujer y a mi hijo, creí que no sobreviviría, que dejaría de comer y beber hasta desaparecer de la tierra. Me dolía respirar, pero, por lo visto, el instinto de supervivencia es más fuerte y, de pronto, un día me di cuenta de que tenía ganas de seguir vivo y de que podía soportar prácticamente todo.

Deshecho en lágrimas, Ramón abrazó a Josep.

–¡Perdóname! ¡No tenía que haberte dicho tantas barbaridades!

–Sí, dímelas. Recuérdame que todavía soy humano, no un muñeco de feria, que todavía tengo sangre en las venas.

–No sabía...

–Ella estaba... No quería que se la llevasen y me abracé a ella con todas mis fuerzas. Nos separaron como pudieron y, al final, en el cementerio, pude despedirme de ella con dignidad. Creo que ya va siendo hora de que alguna gentuza de este pueblo sepa lo que significa esa palabra.

La mula seguía enganchada al carro. Volvieron otra vez a la caseta de la miel, con el viento en contra, retador y socarrón; cuando conseguía colarse en el valle, se fortificaba y allí se quedaba.

Una hora después, la cancela del cementerio se abrió lentamente para dar paso a un extraño cortejo fúnebre. La fiesta del pueblo daba los últimos coletazos, todavía se oían voces a lo lejos: algunos habían bebido más de la cuenta y lo proclamaban a los cuatro vientos.

Al pie del tejo, el árbol que guía a los muertos hacia el país de las sombras, enterraron el cadáver de Félix, frío ya.

–Allí también habrá música, Félix, seguro –dijo Ramón.

Con una piedra sujetó el dibujo de la banda de músicos, para que no se lo llevase el viento.

18

Roser no volvió hasta el amanecer. Se los encontró ordenando la casa y seleccionando los objetos que menos daños habían sufrido. Sentado en el soportal, Josep intentaba componer una cazuela de barro que todavía podía dar de sí, si conseguía unir pasablemente las dos partes en que se había roto. Había visto cómo lo hacían los lañadores que iban por los pueblos y se acordaba de que había que hacer coincidir la resquebrajadura para encajar las grapas en el sitio oportuno y cubrirlas con arcilla. Ramón estaba en la cocina, recogiendo la ceniza de la chimenea, que se había esparcido por todos los rincones.

Roser llegó con señales moradas en las muñecas y los ojos arrasados, enrojecidos e hinchados, impregnados de demasiadas imágenes desagradables. La habían soltado después de un interrogatorio larguísimo. Creía que no terminaría nunca. Tuvo que contárselo todo: el tiempo que llevaba

Félix allí encerrado, cómo habían construido el cubículo en el desván, quién más sabía su paradero, si habían estado en contacto con gente de la resistencia antifranquista... Mientras la asaeteaban a preguntas, ella tenía la sensación de que no les interesaban las respuestas, sino que andaban tras otra cosa: marearla tanto que estuviese dispuesta a lo que fuera. Cuando la guardia civil dijo que tal vez fuera necesario elevar un informe a la superioridad, el alcalde se negó. Los obligó a salir de la sala y Roser los oyó conversar airadamente. Después se hizo el silencio y, por último, se oyeron carcajadas. Entonces, volvió a entrar Bricall e hizo una seña a Espelt.

–¡Ya está! El carro deja de chirriar, cuando se sabe con qué engrasarlo.

Le dijeron lo que se hacía con los restos de la gente considerada indigna de descansar eternamente junto a sus congéneres. Lo sentían mucho, dijeron, pero había cosas que no merecían ninguna consideración. A continuación se pusieron a dar vueltas a otros asuntos: qué pasaría, cuando los del pueblo se enterasen de lo que había hecho Roser; si creía que iban a seguir tragando; no podría ir ni a comprar el pan; hay cosas que una mujer sola no puede hacer, porque queda estigmatizada para siempre...

Estaba agotada. Pidió agua y sólo le dieron un sorbito muy pequeño. No eran tan desconsiderados...

Al cabo de unas horas, cuando les pareció que ya estaba preparada. Bricall sacó de la americana un fajo de documentos que olía mucho a sudor; seguro que los llevaba pegados al cuerpo desde hacía horas.

–Ya te conté lo de la carretera nueva, ¿te acuerdas? Sería una lástima que lo perdieras todo, y más ahora, que te has quedado completamente sola.

–Puedes volver a empezar en otro sitio, mujer, donde no te conozcan ni sepan lo que has hecho. Poca gente tiene una segunda oportunidad.

Espelt, Bricall. Espelt, Bricall... se iban turnando, parecían abejas enloquecidas cuando la reina se cae de la colmena, abejas furiosas que disparan el aguijón a ciegas. Llegadas las cosas a ese punto, ¿tenía mucha importancia que les vendiera las tierras por un precio irrisorio? Enristró la pluma que le ofrecían sin mirar la cantidad, siquiera.

–Enhorabuena, Roser. Has demostrado ser una persona sensata. Puedes marcharte cuando quieras. ¿Quieres que te acompañe alguien a recoger tus cosas?

Dijo que no con la cabeza, sin mirarlos siquiera a la cara.

–Mi hermano... Todavía está en... Quisiera enterrarlo.

–Déjanoslo a nosotros.

–Pero...

–Nadie sabe que estaba aquí, tenemos que ser prudentes.

–¡Ya he firmado! Ya tenéis la casa y las tierras. ¡A mi hermano no lo vais tocar!

A Bricall le sobraba paciencia. De pequeño le habían enseñado que con miel se cazan más moscas que con vinagre y él había adaptado la idea a su conveniencia: y hasta con vinagre se cazan más moscas que a garrotazos.

–Tengo que consultarlo, Roser. Voy a hacer unas llamadas.

–¿A qué viene eso? –Espelt no entendía la repentina claudicación del alcalde.

—Se trata de su hermano, no lo olvidemos. Vamos a hacer cuanto esté en nuestra mano.

Tenía intención de volver a la masía por el camino de la casita de la miel, pero le fallaron las fuerzas. Estaba helada hasta los huesos, el cuerpo no aguantaba su propio peso y llevaba la ropa hecha jirones. Iba pensando en las explicaciones que tendría que dar para organizar un entierro como Dios manda, pero no se le ocurría ninguna apropiada.

No bien hubo salido de allí, Bricall se dirigió a Espelt, que se había quedado atónito.

—Es muy cabezota, pero no le dará tiempo, porque cuando llegue a buscar los restos de su hermano, no los encontrará. Acabo de mandar allí a unos mozos a rematar la faena.

* * *

Roser agradeció profundamente el detalle a Josep y a Ramón. Habían devuelto la dignidad a su hermano: el segundo clarinete había vuelto a su lugar en la formación, no quedaría excluido para siempre del resto de la humanidad. El dibujo de la banda le pareció el mejor epitafio que pudiera dedicarse a una persona, y las raíces del tejo, la mejor compañía.

—Tenemos que marcharnos todos hoy mismo. Cuando se den cuenta de que los restos de Félix ya no están en la casita, clamarán venganza. Hemos desobedecido la orden de no enterrarlo en tierra sagrada.

Una hora después, tres siluetas avanzaban por el camino en dirección al pueblo. Las serpentinas de los ríos que cruzaban Rocalba parecían de satén, el valle era un cáliz abierto al viento, que había barrido la nubes del cielo y lo había dejado con un resplandor mineral que hacía daño a la vista.

Los mozos comprobaron que no había nadie en la casita de la miel y, lógicamente, así se lo transmitieron a su jefe, pero trabajar no era lo suyo y, además, la noche de borrachera que acababan de pasar tampoco invitaba a cumplir como sicarios ejemplares. Agotados por la caminata y un poco enfadados, porque les habían hecho ir tan lejos para nada, se tumbaron a la sombra de un árbol. Durmieron una larga siesta y, cuando quisieron darse cuenta y volvieron al pueblo a dar explicaciones a Bricall, las horas que habían pasado habían dado ventaja a Roser y a sus huéspedes.

* * *

En el bosque, la noticia de la muerte de Félix había llegado a las colmenas, las abejas se pusieron a trabajar diligentemente para producir más cera.

19

El transportista se ofreció a llevar a Roser a Gerona, mientras que Josep y Ramón volverían a Barcelona en tren. Se despidieron discretamente en las afueras del pueblo, Roser se llevaba en el bolsillo un papel con la dirección del museo y prometió escribir a Josep tan pronto como pudiese.

Agotados por todo lo que acaba de pasar, echaron a andar lentamente por la orilla de la carretera. Ramón estaba inquieto, no sabía cómo decir al etnógrafo que tenía una necesidad absoluta de volver al pueblo a ver a Celia. Se detuvo un momento, como a atarse los cordones de los zapatos, y se sentó en el suelo.

—¡No puedo irme así! ¡No puedo desaparecer sin hablar con ella!

«¡Lo que faltaba! —pensó Josep—. Ahora, la cuerda del amor tira en dirección contraria.»

–¿Cómo crees que reaccionará su padre, si te presentas en la panadería diciendo que quieres que ver a su hija?

–Pero...

–Esa muchacha no es mayor de edad, Ramón, no puede dejar a su familia. Mandarían a buscarla y se la llevarían con todo el derecho. Por otra parte, a lo mejor ella no quiere irse. Tenemos que marcharnos, no podemos meternos en más líos. Cuando se enteren de lo que hemos hecho, ¡no habrá museo que nos proteja!

Un grito interrumpió la conversación, una voz conocida y amada que pronunciaba el nombre de Ramón. El muchacho se levantó de golpe. Le dio un vuelco el corazón al ver a Celia corriendo por el centro de la carretera, con la melena al viento, y rogó que el instante del reencuentro se alargase indefinidamente, que ella fuese libre y pudieran irse juntos para siempre. Fue un pensamiento como un remolino incoherente.

Cuando la muchacha les dio alcance, ambos jóvenes comprendieron que les faltaban las palabras; tanto era lo que tenían que decirse que no se dijeron nada. Josep se apartó un poco y allí, en plena carretera, se creó una intimidad singular, como una cámara de aire y árboles. Se miraron como si no fueran a verse nunca más y se abrazaron muy estrechamente. Si entonces le hubiese pedido que... Si ella hubiera hecho el amago de... Si no hubiera sido por... Jamás lo sabrían.

Un vehículo que hacía un ruido muy conocido se acercaba por la carretera. A regañadientes, la muchacha se deshizo del abrazo del muchacho. No lloraba, no quería que las lágrimas empañasen ese momento; él la miraba con el susto en el cuerpo, con miedo de no poder recordarla exactamente como era y de perderla para siempre. El coche del repartidor del pan se detuvo a unos metros de ellos, pero no se apeó nadie; el conductor apagó el motor.

La muchacha miró a Ramón y después, al vehículo.

El mundo dejó de girar un momento.

Celia se dirigió al coche con la cabeza baja y subió. Se oyó el ruido del contacto y, con un gemido de máquina vieja, el vehículo arrancó. Describió media luna en la carretera para cambiar de sentido y se alejó en dirección al pueblo.

El dolor de la pérdida es un guijarro que se arroja a un estanque y describe círculos concéntricos infinitamente.

* * *

La estación más cercana a Rocalba era la de... Bien, digamos que era la del pueblo de Cerqueda, un lugar famoso por su bosque de robles centenarios. El etnógrafo y el dibujante no llevaban mucho equipaje, menos que cuando llegaron. Josep empezó a pensar en la manera de plantear lo que había sucedido al director del museo, en una versión que tendría que revisar minuciosamente para no complicarse mucho la vida. Lo más probable era que ni Bricall ni Espelt estuviesen dispuestos a ir a buscarles las cosquillas a Barcelona, porque tendrían que justificar actos desfavorables para sí mismos. Por otra parte, a esas horas estarían celebrando los cuatro chavos que habían pagado por las tierras de la finca Rumbau.

Pensó que el valle de Rocalba era un rincón maravilloso en el que quedaban muchas cosas por descubrir y grandes cantidades de objetos por recuperar. Tal vez algún día encontrase la manera de plasmar en un diorama, con sencillez y claridad, la forma de vida de los pastores y campesinos de la comarca, para instalarlo en la sección de etnografía del museo. Con todo, en esos momentos, no le apetecía nada volver allí. Quizá dentro de un tiempo. El mundo era muy grande y quedaban muchos valles pirenaicos por explorar.

A Ramón se le pasaría el disgusto; el amor es una obra que se compone de muchas capas y el muchacho sólo había visto cómo se pintaba la primera. Cuando a un pintor no le satisface lo que acaba de reflejar en un cuadro, en vez de rendirse, crea nuevos paisajes encima del primero, tantos como sea necesario, porque, si uno se duerme en los laureles, la vida lo empuja, le pellizca el pescuezo. La mocita de la panadería sería un estrato colgado en el fondo de los recuerdos del mocito, la pincelada nítida que hollaba por primera vez el lienzo blanco.

Ya a bordo del tren, Ramón sacó del bolsillo la libreta de apuntes. Sólo le quedaba una página en blanco. El traqueteo del tren no fue un obstáculo, para la mano acostumbrada a dibujar en las condiciones más adversas. Él decía a menudo que había nacido con el lápiz en la mano y que con él moriría; era una desazón que nadie podría arrebatarle.

Empezó a dibujar a Celia, la chica de la panadería que le había dado una porción de torta como contrapeso del pan. La dibujó tal como la acababa de ver, con su mirada de chica un poco rara, resuelta, serena, tierna y valiente. El etnógrafo, sentado a su lado, miraba lo que hacía de reojo. «Vaya, ya está otra vez gastando hojas en cosas ajenas al trabajo –se dijo–. ¡Hay que ver cómo dibuja el condenado! Pero es un trozo de pan y así no irá a ninguna parte en la vida.» Y, por primera vez, le revolvió un poco el pelo, un gesto que pretendía transmitir, sin aspavientos, un poco de ternura.

* * *

En mitad del trayecto, Josep se acordó de una cosa que había leído a propósito de los trenes y que le gustaba mucho. Ramón empezó a prestarle atención sin dejar de contemplar el paisaje, en el que se veía la mano humana por todas partes.

–Parece ser que en los Estados Unidos de América hay un tren, llamado *Exposition Flyer*, que recorre la distancia entre Chicago y San Francisco cruzando las llanuras de Nebraska, las montañas Rocosas de Colorado, el desierto de Utah y el valle de Sacramento, en California. Desde el último vagón se puede contemplar la grandeza del paisaje a lo largo de los tres días y pico que dura el trayecto. No es un tren apropiado para los impacientes, sino para quienes desean elevar el embelesamiento a la categoría de arte y llenarse la vista de tanta belleza inacabable. Quizá por eso lo utilice tanta gente mayor, gente que ya no tiene prisa por llegar a los sitios y prefiere avanzar pisando el freno.

136 A Ramón no le interesó mucho la anécdota del *Exposition Flyer*, pero, entonces, el etnógrafo le regaló un imagen.

–Puesto que el viaje es lento, uno de los días no se ve nada más que trigales: extensiones infinitas, campos de trigo durante horas y horas. En verano, es como surcar un lago de agua dorada. ¿Te lo imaginas? Seguro que acaba uno sabiendo todo lo que hay que saber sobre ese cereal. Es un regalo para la vista y para el espíritu: horas y horas rodeado de trigales. Yo lo llamo «un día de trigo».

Un día de julio de 2008 y dos cartas

Hace unos años, cuando me jubilé de mi puesto de profesor de la Escuela Massana, mis hijos nos regalaron a mi mujer y a mí un viaje muy significativo. No sé cómo se las arreglaron, pero el caso es que encontraron billetes para el *California Zephyr*, el tren que sucedió al *Exposition Flyer*. Fuimos de Barcelona a Chicago en avión y, desde allí, iniciamos la mítica ruta de la que tanto solía hablar yo.

–Así, al menos, cuando nos des la paliza con el día de trigo, nos lo podrás contar todo de primera mano, con pelos y señales –me dijeron mis nietos.

A lo largo del trayecto, no todo fue contemplar el paisaje desde el tren: también rememoré algunas anécdotas de Josep y reviví nuestras campañas de etnógrafo y dibujante. Pasé lo que él llamaba «un día de trigo» sin moverme de la ventanilla del *California Zephyr*, pensando en lo mucho que le habría gustado ver todo lo que desfilaba ante nuestros ojos y en la cantidad de detalles que habría descubierto él en ese paisaje inmutable, detalles que no advertirían la mayoría de los mortales, pero que daban pleno sentido a la inmensa laguna de espigas y a los seres humanos que la cultivaban.

Me acordé de muchas cosas. Después de la primera campaña en Rocalba, estuve unos meses trabajando con Josep en un despacho que le habían destinado en la Plaza Mayor del Pueblo Español. Pasé a limpio algunos dibujos de la única libreta que conservaba y los rematé a tinta china o con acuarelas, según las instrucciones de mi jefe; en cuanto a los objetos de las libretas desaparecidas, pudimos reproducir muchos gracias a la buena memoria de ambos. La charla giraba única y exclusivamente en torno a los dibujos de las herramientas y utensilios. Íbamos conociéndonos y trabando amistad. Algunas veces lo esperaba en la plaza de España y subíamos juntos la cuesta de Montjuich. Él andaba despacio por culpa del asma y yo le llevaba la cartera de trabajo.

Concluida la tarea de despacho, seguí con mis estudios. En esa época me alojaba en una pensión de la calle del Hospital y, como pasaba mucha hambre y tenía que engañar al estómago, tomé la costumbre de dibujar y pintar en la calle, que es la verdadera escuela de la vida. Todavía me gusta trabajar en la calle, observar, charlar un poco, notar el pulso del mundo. De joven, también hice muchos apuntes de escenas circenses: me fascinaba la mezcla de colores, la energía de los cuerpos, la ilusión que se creaba bajo la carpa y que aislaba del gris entorno.

Un día, la patrona de la pensión me dio una nota. Josep salía de campaña a los Pirineos y me preguntaba si podía acompañarlo. No tuve que pensarlo dos veces.

Recorrimos algunos pueblos del Pallars Sobirà. Josep se lo pasó en grande recordando su infancia y recuperando la historia, tanto la ajena como la propia.

Con el tiempo, el recuerdo de la chica de la panadería se fue desdibujando. En los primeros meses, pensé en volver a Rocalba sólo por verla de lejos. Después, me decía que volvería cuando la chica fuese mayor de edad y no tuviese obligación de obedecer a su padre; no quería ponerla en peligro. La temporada del servicio militar en Ceuta aumentó la distancia entre el jovencito nostálgico y el adulto que ya despuntaba. Fallecieron mis padres, hice trabajos de todas clases y el río de la vida seguía alejándome de ella a crecidas.

Conocí a la que después sería mi mujer en una confitería de las Ramblas. Debía de estar escrito que me enamoraría en los sitios más dulces. No pudimos casarnos hasta diez años más tarde –el servicio militar, la escasez de dinero, los estudios...–, pero después, una suave alfombra de felicidad terminó de enterrar la nostalgia. Núria y yo éramos felices. Más adelante llegaron los niños, el puesto de profesor de dibujo en la Escuela Massana, las exposiciones de pintura... De vez en cuando, en los cenáculos de artistas, me reprochaban que no hubiese llegado a ser lo que se esperaba de mí, que no hubiera triunfado como soñaba.

–¿Cómo es posible? ¡Con lo que prometías! –me recriminaban.

143

Pero yo me acordaba de Josep, de sus libros y ponencias, de la sabiduría contenida en los legajos que ataba con gomas elásticas, de lo mucho que se exigía cuando relataba sus observaciones, de la insistencia en comparar costumbres para encontrarles un sentido oculto, de su terquedad, insoportable para algunos, entrañable para mí, y recordaba entonces la máxima: «Llegará el día en que los mansos hagan la revolución». Y, a su muerte, un día de julio de 1960, así quise que figurara en su epitafio.

* * *

El 6 de diciembre de 1949 el conserje del Museo de Industrias y Artes Populares del Pueblo Español, siguiendo su costumbre de los martes, se acercó a la Puerta de Ávila a recoger el correo. Entre el montón de cartas, había una dirigida a Josep Reguant y otra a mí, Ramón Arcás; como en ese momento no estábamos, las dejó en un aparador grande de la entrada, donde las encontraríamos al día siguiente.

Una era de Roser Vilà; nos contaba que vivía en Francia, en Béziers, con unos familiares que la habían acogido. Nos daba las gracias por todo y, una vez más, nos agradecía el trato que habíamos dispensado a los restos mortales de su hermano. Nos anunciaba sus segundas nupcias y nos invitaba a visitarla cuando tuviésemos ocasión, porque le gustaría contar con nuestra compañía. Decía que no había tenido más noticias de Rocalba y que no podía imaginarse lo que habrían hecho con su casa y con sus tierras. Su futuro marido vivía en las afueras de Béziers, ella volvía a dedicarse a la apicultura y, si la cosecha de miel era buena, nos mandaría unos frascos de muestra.

La otra carta, la que iba dirigida a mí, no llegó a su destino. La noche del 6 de diciembre se desencadenó una tormenta fortísima con mucho viento, las ráfagas se colaban por todos los rincones y el local del Pueblo Español que albergaba el Museo de Industrias y Artes Populares no se libró de la consecuencias. Supongo que el viento abriría una ventana y levantaría el sobre en el aire. Parecería una paloma blanca en busca de cobijo. Después, la dejaría caer e iría a parar de nuevo al mueble de cajones y se colaría por la ranura que había entre el mueble y la pared, porque allí se quedó casi sesenta años, empollando ácaros del polvo.

* * *

No me ha hecho falta preguntar a nadie para llegar al cementerio de Rocalba: me ha señalado el camino el tejo imponente que lo preside. He leído el nombre de algunas lápidas, me he puesto a calcular los años que vivió cada una de esas personas y me he dado cuenta de que soy un viejo que piensa demasiado en la proximidad de la muerte, aunque no se lo diga a nadie, para que no me tilden de pesimista ni me acusen de mentar la soga en casa del ahorcado.

Al llegar al tejo, me he preguntado si seguirían allí los restos de Félix, si, después de lo que pasó, alguien tendría la ocurrencia de ir a remover el túmulo para aplicar un castigo *post mortem,* para ejecutar un acto de venganza que trascendiese el final de una vida. El recuerdo del hombrecillo apocado y excesivamente humilde me ha arrancado una sonrisa y, en cierto modo, me he creído heredero de su legado. Quizás un día se me presente la oportunidad de interpretar mi propio adagio del *Concierto para clarinete* de Mozart, de brillar con luz propia. O tal vez nunca se me presente. O puede que, sin saberlo, lo haya vivido ya. No importa.

Para mí, la vida ha sido un día de trigo, verde y tierno, dorado y maduro, salpicado de amapolas, acunado por el viento, abatido por la guadaña, segado en haces, inundado por las tormentas. Las espigas han levantado la cabeza y han mirado directamente al cielo brillante; yo he dibujado sobre ese cielo, lo he llenado de figuras y paisajes. De todo ha habido en este largo día de trigo, que ya emprende la marcha hacia el anochecer: el *Zephyr Train* sale de las llanuras de Nebraska y se dirige a las Rocosas, siempre hacia el Oeste. ¿Seré capaz de dibujar las últimas espigas que vea?

No he dicho a nadie que venía a Rocalba, ni a mis hijos ni a mi mujer. Habría tenido que dar demasiadas explicaciones y no habría sabido por dónde empezar. Lo cierto es que estoy aquí por un motivo muy curioso, por un azar de la vida que bien podría publicarse en la sección Sociedad de un periódico. Hace unos días, recibí una llamada de la Escuela Massana: me pidieron permiso para dar mi número de teléfono al Museo Etnológico de Barcelona. Se lo di y, poco después, recibí la otra llamada. Era una muchacha muy amable.

–Señor Arcás, le parecerá increíble, pero, ya ve, cosas raras que pasan en la vida.

–¿De qué se trata?

–Estamos de mudanza. La necesidad de espacio nos obliga a trasladarnos de las dependencias del almacén que teníamos en el Pueblo Español. Hemos movido los muebles, los documentos y demás objetos... Bueno, lo que se hace en estos casos, ya sabe. Entonces, al retirar un mueble del edificio, hemos encontrado un montón de papelotes; lo típico: hojas que se caen por la parte de atrás de los cajones y que después no hay forma de encontrar. Bueno, pues, aunque no se lo crea, hemos encontrado una carta dirigida a usted, con fecha de diciembre de 1949. Es increíble, ¿verdad?

–Desde luego, aunque lo más increíble es que, por una vez, el retraso no sea culpa de Correos.

Me la mandaron por mensajero. «¿A qué viene tanta prisa –pensé–. Total, si ha tardado casi sesenta años, poco importan unos días más.» No me imaginaba de quién podría ser. La abrí pensado que, seguramente, sería una tontería, un recibo extraviado, una solicitud de alguien, que habría criado telarañas esperando, o algo así.

La carta, la caligrafía con la impronta inconfundible de la juventud... Las primeras líneas me echaron un puñado de sal en los ojos.

Rocalba, 24 de octubre de 1949

Querido Ramón:
No sé si todavía te acuerdas de mí.

Me tuve que sentar, se me deshacían las piernas.

No sé si todavía te acuerdas de mí. Yo estoy bien, aunque en casa emos tenido muchos problemas. Perdón que te escriba en castellano pues no sé hacerlo en catalán. Mi padre murió hace un mes y me he quedado sola. Vale más que no diga el que pasó, que me produce mucho dolor. Dicen ahora que vendrán unos parientes para ayudarme y que se arán cargo de la panadería. Yo no quiero pero no puedo decir nada. En Rocalba han pasado muchas otras cosas en este año. No te las puedo contar todas porque me saldría una carta muy larga.

Espero que los señores del Museo te darán esta carta y perdona por mi letra que es un poco mal echa y por las faltas de ortografía.

~~Yo me recuerdo de~~

Yo no puedo olvidarte. No quiero olvidarte.

Te esperaré siempre.

Tuya,

Celia Espelt

* * *

En un libro sobre árboles que me han regalado mis hijos hay unas páginas dedicadas al tejo en las que se cuenta una leyenda bretona, según la cual, cada raíz anida en la boca de un muerto y de ahí extrae el alimento que le permite crecer. Por ese motivo, desde tiempos inmemoriales se planta en los cementerios, igual que el ciprés. Cuando el aire los mueve, nuestros antepasados hablan por boca de las ramas y, puesto que casi nadie se atreve a prestar atención a lo que dicen por temor a saber demasiado sobre el más allá, los días de viento se vacían los cementerios.

La carta «desaparecida» de Celia no podía cambiar sesenta años de existencia ni reponer las piedras pasaderas que haya arrastrado el río. En este gran circo que es la vida, deberíamos tener un tiempo para ensayar los números y otro para presentarlos en público. Desafortunadamente no es así y tenemos que comparecer directamente en la pista desde el momento en que salimos del vientre de nuestra madre.

Sentado al pie del tejo, ya no me duele tanto la imagen de Celia y sonrío: yo también la he esperado siempre, en cierto modo. Pero, vamos a ver, Ramón, piensa un poco: cuando hace tanto tiempo que crees que tienes una herida, ¿no se te habrá cerrado hace años y lo único que te queda ahora es el recuerdo? Y eso que te parece una cicatriz, ¿no será tal vez una nueva arruga de la piel envejecida? ¿Acaso, en cierto modo, no están también enterrados en las raíces de este árbol los diecisiete años del muchacho dibujante que fuiste?

Antes de marcharme del cementerio de Rocalba deposito una lámina al pie del tejo. La sujeto bien con una piedra para que no tape a ninguno de los músicos de la banda.

Nota

El argumento de esta novela está libremente inspirado en las campañas de investigación y recogida de material que, a lo largo de las décadas de 1940 y 1950, desarrolló en diversas comarcas catalanas el etnógrafo Ramon Violant i Simorra (1903-1956). Ramon Noè i Hierro (1923-2007) lo acompañó en algunas de sus salidas, que sirvieron para llenar de contenido la sección etnográfica del Museo de industrias y Artes Populares del Pueblo Español de Montjuïc (actualmente, Museu Etnològic de Barcelona).

Las peripecias de la vida personal de ambos personajes son ficticias, aunque algunos recuerdos de la infancia de Ramón se basan en vivencias que dejó escritas Ramon Noè i Hierro.

La novela es un sencillo homenaje a la tarea que, con espíritu de entrega y pese a las dificultades de la época, llevaron a cabo Violant i Simorra y Noè i Hierro, a la par que una contribución a la difusión del trabajo del primero en el ámbito de la etnografía y de la obra artística del segundo, ninguno de los cuales ha recibido todavía el reconocimiento que merece.

Agradecimientos

Doy las gracias a la familia de Ramon Noè i Hierro por la colaboración que me han prestado siempre que ha sido necesario.

A Cesc Prat, que me habló de las campañas pirenaicas de Violant i Simorra y Ramon Noè y me despertó el interés por un tema que desconocía.

A Gustau Moles, del Museu Etnològic de Barcelona, que me enseñó dibujos de Ramon Noè y me proporcionó información sobre las campañas etnográficas de Violant i Simorra.

A Meritxell Casadesús y Engràcia Torrella, del Museu d'Art de Sabadell, que me facilitaron la consulta de material relacionado con Ramon Noè y con quienes colaboré en la preparación de la exposición «Ramon Noè, pajarillo de matorral».

A Bernat y Marcel Castillejo, por su información sobre bandas de música y clarinete.

A Juan Luis Chulilla, por su *Informe sobre el castigo post-mortem de los desaparecidos en la Guerra Civil y sus efectos en sus familias y comunidades.*

El título de este libro se inspira en una evocación de viajes que hizo la escritora Marguerite Duras en una de sus entrevistas al político François Mitterrand, recogida en el libro *Le bureau de la poste de la rue Dupin et autres entretiens*, editado por Gallimard.

Índice

Anna Cabeza Gutés

(Sabadell, 1960) es licenciada en Ciencias de la Información y máster en escritura para cine y televisión. Ha trabajado en la radio y otros medios de comunicación escritos:
Ràdio 4, Avui, El 9 Nou... Ha publicado las novelas: *Quién
teme a Pati Perfecta?* y *Tim, nariz de payaso.* Ha participa-
do en varias compilaciones de cuentos para adultos.